元ヤクザ、司法書士への道

甲村柳市
東亜国際合同法務事務所 所長

集英社インターナショナル

元ヤクザ、司法書士への道

元ヤクザ、司法書士への道／目次

第2章 ムショで俺が学んだこと……57

第3章 一念発起……115

第4章 司法書士という仕事

本文構成　青山敬子
装幀　高橋　忍
写真　石川奈都子

まえがき

暴力団に十年以上所属した男性が昨秋、合格率約三パーセントの司法書士試験に合格し、岡山市で開業した――。

俺の司法書士試験合格を最初に報じたのは、二〇一九年七月十日付けの毎日新聞だった。

記事には、こうある。

「組から足を洗った後に入った刑務所で民法の丸暗記を始め、八年越しで難関を突破して夢をつかんだ。全国暴力追放運動推進センター（東京都）によると、飲食店や建設業を始めた元組員はいるが、司法書士試験にパスした例は把握していないという。

男性は甲村柳市《こうむらりゅういち》さん（47）。『子どもの時からやんちゃで、暴力団に興味があった』という。二十代前半、スナックで知り合った元組員とみられる男性に誘われ、兵庫県姫路市に拠点があった指定暴力団・山口組系の三次団体の組員に。岡山市で人材派遣会社を経営する傍《かたわ》ら、組員が事務所に集まる定例会に毎月欠かさず出席し、月一回の電話番もした。組長の車列に加わり、ボディーガードも務めた」

厳密に言うと、俺は子どもの頃はむしろおとなしくて、不良に興味を持つようになったのは中学生になってからだったりするし、また細かいところもちょっと誤解があるが、おおまかなところは記事のとおりである。

俺が「山口組組員」として活動していたのは、一九九三年頃から二〇〇五年の約十二年ほどで、その後は右翼団体を率《ひき》いたりもしていた。それを含めると二十年くらいの「不良生活」だった。ムショには通算で約十年ほど務めている。

二十年か……長かったねぇ。

思えば、俺は今までいろんなビジネスをやってきた。

中学を卒業してすぐに社会に出て、飲食店のアルバイトから始めて、十八歳で建設現場の労働者派遣事業の会社を作ったり、興信所やキャバクラ経営までいろんな会社を自分で作ってはつぶしたりしてね。知人はもちろん、中古車屋やスナックなどから頼まれて債権《さいけん》回収もしたし、またサラ金の過払金《かばらいきん》返還請求訴訟では、依頼者から債権を譲渡してもらう形で、自分が原告として訴訟をして返還請求をしたりもした（専門的に言えば「不当利得《ふとうりとく》返還請求訴訟」という方法である）。こんな感じでいろんなビジネスを手がけて、そこそこ儲《もう》かってはいたが、「一生安泰」というほど溜《た》め込《こ》んだわけでもない。当時は、いわゆる「宵越《よいご》しのカネを持たない」というタイプだった。

四十歳を間近に自分の人生をムショで振り返り、これからの自分に何ができるか考えたとき、司法書士試験の突破を思いついた。商売柄、司法書士とは付き合いもあったし、どういう職業かもだいたいは分かっていた。あのくらいなら、現場で「実務」をやってきた俺ならば楽勝だとも思っていた。ところが実は、司法書士試験は合格率三パーセントという難関だと知ったのは、勉強を始めてしばらくしてからだった。だが、すぐに気持ちを入れかえた。「誰でも合格するような試験なら受けても意味はない」と。

話を戻すが、この毎日新聞の記事が呼び水になったのか、今まで何回もメディアの取材を受けているが、そのたびに「元暴力団員が心を入れかえて出世をした」みたいなストーリーで書かれているのは、ちょっと心外なところもある。

ヤクザとして生きていれば、組織のために罪を犯したり、刑務所に入れられたりと、苦しいとか辛いことは腐るほどあるが、俺はヤクザとして生きたことに後悔はしてない。後悔しないように、自分に言い聞かせているだけかもしれないけれど、自分で選んだ道を「失敗だった」みたいに他人から言われるのは正直、不愉快である。

そもそも自分で選んできた道なんだから、後悔してもしかたない。

だいたい、過ぎたことをいつまで後悔していても、何かが変わるわけでもない。大事なのは行動だ。地道に慎重に生きていくというのも手堅いだろうが、人生は「当たって砕けろ」のチャレンジを繰り返して切り拓《ひら》いていく――という考え方もあっていいと思っている。俺はむしろ、失敗を恐れず、後悔をすることなく生きていた。後悔なんかしている暇はない。

これは子どもでも大人でも同じ話だ。

一番よくないのは、失敗を恐れて何もしないことだ。できない理由を考えてもしかたない。

それに失敗も「成功への布石」と考えればけっして無駄にならない。思うとおりに突っ走ればいい。

もちろん度胸は必要よ。

言っとくけど、俺は特別なんかじゃない。

中卒で前科者。そして元暴力団員。世間の基準からすれば超のつく「低スペック」だ。でも負けたくなかった、自分自身に。

信念と執念。こいつを味方にした奴《やつ》は強い。そう信じて生きてきた。そしてそれは間違ってなかったと今も思う。

そのことを俺に教えてくれたのは矢沢永吉《やざわえいきち》さんだ。

永ちゃん（と呼ばせていただく）は俺の人生に大きな影響を与え続けてきた。だから俺はここまで走り続けて来ることができたのかもしれない。

デビューから半世紀あまり、古希《こき》（七十歳）を過ぎてもマイクを握り、颯爽とステージに立つ姿に俺は魅了されている。怒りや苦しみ・つらさのすべてをHappy《ハッピー》に飲み込んでいく。その生き方が太陽のようにジリジリと俺の脳裏に、そして身体に爪を立てる。

ご存じの方も多いと思うが、一九四九年に広島で生まれた永ちゃんは、貧しい幼少期を過ごし、「寂しかった」記憶しかないという。そんな中で中学生のときにラジオから流れるビートルズの曲に出会い、ミュージシャンとして生きることを決意したそうだ。

高校卒業後すぐに東京を目指すが、夜行列車の長旅で疲れた永ちゃんは、東京駅ではなく手前の横浜駅で降りてしまう。そして、そのまま喫茶店やレストランでバイトをしながら酒場やクラブでバンド活動を続け、現在のキャリアの第一歩を踏み出す。

俺が初めて聴いた永ちゃんの曲は、この横浜での時間をモチーフにした『YOKOHAMA二十才《ハタチ》まえ』（作曲／矢沢永吉、作詞／ちあき哲也）だった。一九八五年にリリースされた同じタイトルのアルバムからシングルカットされたものだ。

中学生の永ちゃんがビートルズにしびれたように、この曲を聴いたとき中学生だった俺の身体の奥から心臓の鼓動が鈍い音をたてて鳴り響いていた。

さがす夢は大きすぎて
恋はただの遊び道具

当時からマセていた俺は、永ちゃんの世界観にすっかりハマってしまった。

それから今日まで永ちゃんは俺の人生の目標であり、百万部を突破した著書『矢沢永吉激論集 成りあがり』（一九七八年、小学館）や続編『アー・ユー・ハッピー？』（二〇〇一年、日経ＢＰ）は今でも俺の人生のバイブルだ。


永ちゃんの魅力は語りつくせないが、オンリーワンの音楽性とともに自然体でポジティブな姿勢が素晴らしいと思う。

「『成りあがり』って、いい言葉だ」「ＢＩＧになりたい」と公言し、「カネのための音楽」を否定しないのは、後にも先にも永ちゃんだけだろう。

子どもの頃から苦労したこともあって、綺麗《きれい》ごとはけっして言わず、根性もハンパではない。信頼していた人間に裏切られて三十五億円もの借金を背負わされたときも、六年で返済した。

この件を「(借金で) 髪は抜けたし、過呼吸にもなったが、完済できて俺はラッキー」と笑顔で振り返る姿には脱帽だ。一般人だけでなく、芸能界や政界、スポーツ界にまでファンが多いのもうなずける。

二〇二二年十二月の武道館百五十回目 (過去最多) のライブは喉の不調で延期されたが、早期の再演についてテレビで明かしている。

借金や公演中止などの困難にも絶対に負けないのが永ちゃんだ。海外にはザ・ローリングストーンズやエアロスミスなど、メンバーが七十代でも人気のあるバンドはたくさんあるのだから、当然だという。

ずっと前からトップアーティストだが、走ることをやめない姿には尊敬しかない。けっして負けない。何があっても諦めない。死ぬまで走り続けたい。

すぐに夜は明ける。死ぬまでの長い旅だ。

永ちゃんはそう俺に教えてくれる。

そう、誰にでも「可能性」はある。

俺もただ、その可能性に賭けてみただけ。自分を信じてね。単純なことよ。

読者の皆さんには、努力をもって挑めば、だいたいのことは達成できることに勇気と希望を持ってほしい。目的を達成できなくても、積み重ねた努力はムダにならないしね。

そんな思いをこの本に書いてみた。


綺麗ごとは嫌いだから、包み隠さずに思いを綴《つづ》った。

読んで嫌悪感を抱くこともあるかもしれない。

そんなときは、この本をゴミ箱にぶちこんでくれていい。


そして、この本を手に取ってくれた人には、心から感謝している。

ありがとうございます。

二〇二三年四月

甲村柳市《こうむらりゅういち》

第1章 すべては「独居房」から始まった

「懲罰」志願

二〇一〇年冬、広島刑務所。

俺のいる独居房の、ドアにある覗《のぞ》き窓の狭い隙間《すきま》から見える看守の二つの目が、俺の様子を確認する。

（よし、ちゃんとドアに向かって、坐《すわ》っている。甲村も反省してるようだな）

看守は黙っているが、おとなしくしている俺の姿を見て安心したようだ。

独居房とは読んで字のごとく、一人だけが収容される監房である。

広島刑務所では普通、受刑者が収容されるのは六人が定員の雑居房《ざっきょぼう》だ（法務省資料）。もっとも当時は刑務所はどこも定員オーバーで、一つの房に八人、下手《へた》をすると十人が押し込められた。だから受刑者の多くは一人暮らしの独居房を希望する。希望者の順に独居房に移るのが通例だ。

だが、俺の場合はおとなしく順番を守っていられるほど悠長《ゆうちょう》じゃなかった。というのは、独居房でノンビリしたいというのではなく、はっきりした目標があったからだ。それが司法書士の勉強だ。

だから俺は、看守に対して反抗的な態度を取って独居房送りとなった。

四十五日間、懲罰のために独居房にいる間、ルーティンの刑務作業は免除されるが、その代わり、丸一日、ドアに向かって坐っていなくてはならない。さすがに正座では膝を痛めるから、胡座《あぐら》である。もちろん、疲れたからといって寝転《ねころ》んだり、立ったりするのは許されない。トイレに行くのも許可がいる。

何もしないで坐っているのは楽なことのように思えるかもしれないが、こんな退屈なことはないし、むしろ苦痛である。

禅寺でも坐禅《ざぜん》は一回がおおよそ四十分、線香が一本燃え尽きるまでの時間が区切りになるという。坐禅ならば、そこで一息つけるのかもしれないが、ムショの場合はそうではない。とにかく「休みなしで坐っていろ」と命じられる。足はもちろんしびれるし、ドアを一日中見ているというのは頭がおかしくなりそうになる。

だが、定期的に看守が様子を見回りに来るから、言われたとおりにやらないといけない。何時間かおきに独居房のドアにあけられた小窓から、看守が覗き込む。そのとき、ドアに正対してちゃんと坐っていないとドヤされる。

だが、俺の場合は叱られることはなかった。なぜならば、その看守がのぞき込む小窓をじっと見つめていたからである。

小窓の下には、俺があらかじめ仕込んであった「民法」の条文が米粒で貼り付けられている。俺はそいつを一生懸命、見つめては暗記していたからだ。

手紙用の便箋《びんせん》にはびっしりと小さな文字で、民法の条文が書かれている。たとえば、こんな具合だ——。


第七〇九条【不法行為による損害賠償】　故意又は過失によって他人の権利又は法律上保護される利益を侵害した者は、これによって生じた損害を賠償する責任を負う。


この暗記用のペーパーは俺自身があらかじめ作っておいたもの。ムショでの私物は極端に限られてはいるものの、差し入れられた雑誌や本、外界に手紙を書くための封筒や便箋はＯＫだ。しかし、懲罰が始まったら、もちろんそれらを独居房に持ち込むわけにはいかない。

そこで俺が考えたのは、懲罰が正式に決まり、懲罰が執行されるまでの数日間をフルに活用して（懲罰が正式決定するまでは比較的時間に余裕がある）、私物の六法全書から覚える分の民法を必死にボールペンで便箋に書き写す。第三者には写経をしているように見えただろう。

民法を丸暗記して分かったこと

ちなみにこの時代、民法は実質一〇八七条だった（二〇二二年改正で同一一二一条に増えた）。それをできるだけ小さな文字で（俺は幸い、目がいいので小さな文字でも大丈夫だ）、ひたすら書く。一枚書いたら、排便姿を隠すため独居房に備え付けてある衝立《ついたて》に張られたカレンダーの裏に、見つからないように隠しておく。そいつを引っ張り出して、看守が覗く小窓の下の壁に米粒で貼り付ける。

ここまで書けばお分かりいただけるだろう。俺が独居房に入ったのは自分で望んでのこと。看守にあえて反抗的な態度を取って、「懲罰！」ということになった。

ではなぜ暗記するのが「民法」なのか？

それは俺が目指していた司法書士の国家試験をパスするために、必須の知識だったからだ。司法書士とは何かというのはおいおい説明するつもりだが、ここではその合格率がわずか三パーセントであるということを記しておけば充分だろう。要するに国家試験としてはかなりの難関だということだ。ちょっと参考書を読んで練習問題を解けばいいというものではない。そもそも専門の資格スクールで配られる司法書士試験のテキストや問題集を積み上げれば軽く一メートルにはなる。

しかも俺は中卒で、卒業以来、勉強なんかしたことはない。そのときの俺はもう四十歳が目の前。つまり二十五年近く、勉強とは無縁な生活をしてきた。それどころか何回、ムショに入ったか分からない。

そんな俺が民法を暗記するなんて、他人がいる雑居房にいたら、何百年かかってもできるはずがない。そもそも平日は刑務作業があって、本を読む時間だって限られている。勉強なんてまず無理だ。

だから、司法書士試験を目指す俺としては、独居房に送られるという選択しかなかったわけだ。

この話をすると、たいていの人は「本当にそれで法律を暗記できるのか」と疑うが、人間の頭というのは凄《すご》い能力を持っている。俺自身も驚くぐらい、法律の条文が頭に入ってきて暗記することができた。他にやることがないとはいえ、中学しか出ていない俺だ。その俺がこうして条文が暗記できるんだから、この能力はきっとみんな平等に備わっているものだろうと思う。

中には「丸暗記しただけでは実力はつかない」と言う人もあるかもしれない。しかし、実際に丸暗記していくと分かるが、覚えた条文が増えてくると前後の関係などから条文の意味が自然に分かってくる。覚えるのが楽しくなってくる。

数時間おきに、覗き窓から俺の様子をチェックしにきた看守連中からすると、言われたままに坐っている俺を見て、「さすがの甲村も懲《こ》りたやろ」と思ったに違いないが、実はちっとも懲りてなかった。なぜなら、俺は試験勉強をするために、この四十五日の独居房生活を何度でも繰り返してやろうと思っていたからだ。

退屈だった「美しい星の町」

一九七二年四月、俺は岡山県の山奥で生まれた。現在の井原市《いばらし》美星町《びせいちょう》、当時は小田郡《おだぐん》美星町といった。

美星町とは、まるでおとぎ話とか絵本の中に出てきそうな地名だ。この町名は戦後になって近隣の村が合併したときに新たに作られたらしいが、その一つは星田村《ほしだ》と言い、星尾《ほしお》神社という古い神社もある。昔から空が澄んでいて、星がきれいに見えることで有名だったようだ。

元々、岡山は瀬戸内海に面しているので晴れが多く、天体観測に向いているのだが、美星町は昔からこの夜空の美しさを売り物にしてきて、天文台を招致《しょうち》したり、また全国に先駆けて「光害防止条例」を一九八九年に制定・施行したりしている。無用なネオンや街路灯があると天体観測の邪魔になる。それを「光害」というのだが、家電メーカーと協力して天体観測の妨《さまた》げにならない街路灯などを設置し、それが認められて、二〇二一年には世界的なＮＰＯ団体から「星空保護区」というのにも指定されたそうだ。

そうした活動が広く知られるようになって、今では夜になると近隣の街などからたくさんのカップルが星空を見るためにやってくるデートスポットになっている。

だが、ガキの頃の俺にとってみれば、「夜空が美しい」なんてロマンチックなことは関係ない。むしろ、夜は真っ暗になる、退屈な田舎町だ。

幸い、俺の場合は幼稚園に入る前に、両親と倉敷市へ移ったのでよかったが、親父《おやじ》の両親はずっと美星町に暮らしていたから、休みにはよく親父に連れられて行ったものだった。

俺のじいちゃんは歯医者で、松茸《まつたけ》山も持っていて、けっこう裕福だった。遊びに行くと松茸をたくさんもらったし、ばあちゃんは、いつも子どもには多すぎる小遣いをくれた。買うのはプラモデルとか「キン肉マン消しゴム」とかで、子どもらしいものだったが。

そんなわけで、美星町のじいちゃん、ばあちゃんは大好きだったが、美星町が好きかといえば、微妙だった。出かけるような場所もないし、近所に同い年くらいの子どももいない。

この美星町から倉敷に引っ越した当初は、田舎育ちのせいか無口でおとなしいガキだったが、幼稚園に入ると、先生のスカートをめくって叱られたり、同級生の男の子の手を鉛筆で刺したりと、少しずつヤンチャな一面が出てきた。

ちなみに美星町の星が「美しい」と気付いたのは、つい最近だ。七、八年くらい前に一人でクルマで見に行ったときだった。

その頃は司法書士試験の勉強を来る日も来る日も続けていたから息抜きも必要で、だから思いついてクルマで夜の美星町に久しぶりに行ってみたのだ。

クルマの窓から見える美星の空には、手を伸ばせば届きそうな無数の星がきらめいていた。

それをずっと眺めながら、「新しい人生、絶対にこの手で摑《つか》み取《と》ってやる！」と誓ったものである。

「お前の人生」と言ってくれた父

倉敷市内の小学校に入ったのは、一九七九年。

俺は小学校に入っても相変わらず目立たないガキだった。勉強は最初から苦手で、まったくやらなかった。それでも、成績は中の下あたりをウロウロしていたのだから、今から考えると不思議だ。

学校での楽しみはバスケットボールである。昼休みなどは、同級生たちと毎日のようにボールを追いかけていた。

だが、休みの日はほとんど家で過ごした。

家から学校まで距離があって、バス通学だったので、わざわざ休日に出かけて友だちと遊ぶことはほとんどなかったというのもあるが、でも基本的には他人とつるむよりも自分の世界に引きこもって遊ぶのが好きな子どもだった。

家では菓子を作ったり、近所で釣りをしたりして過ごしたものだ。

菓子作りが好きな子どもだったと言うと驚かれるが、こういう一人の仕事は今も好きだ。俺が経営している東亜国際合同法務事務所のスタッフに手作りのランチをふるまうのも、いつものことである。時に思いついて、刑務所で食べたラーメンなどを再現したりして、楽しくやっている。釣りに行けば、もちろん自分で捌《さば》いて料理もして、釣り仲間たちと一緒に食べる。これは本当に愉快な時間だ。

ガキの頃は、実家の本棚から引っ張り出した母の料理の本を見て、クッキーやケーキを作り、家から歩いて五分ほどの池で一人釣り糸を垂らしていた。釣れるのはもっぱら、外来種のブルーギルばかりで、食べてもうまくない。だからブルーギルの口とかエラに爆竹を仕掛けてぶっ飛ばして遊んでいた。昭和のガキの遊びなんて、そんなもんだろう。

本はよく読んでいた。ガキの頃は家にあった日本の少女小説が中心だったが、タイトルは一冊も思い出せない。外国の小説は、日本で一九八六年に発売されたシドニィ・シェルダンの『ゲームの達人』などを読んでみたが、登場人物の名前が覚えられず、退屈で途中で投げ出してしまったことを覚えている。

バスケのようにチームで動くのも好きだが、一人で何かをするのも好きな、変わったガキだった。

両親と妹は俺の作った菓子を食べていたはずだが、特に褒められたり、逆に「男らしくない」と叱られたりしたこともない。もともと両親も妹も物静かでゆったりした性格なのだ。

ちなみに父親は定年まで地元の造船所でサラリーマンとして働いていた。つまりカタギの家である。

だが思えばヤクザになったときも、司法書士になったときも、特に両親から何かを言われたことはない。「お前の人生なのだから、好きなように生きたらいい」ということなのだろうが、はっきりとそう言われたこともない。俺も家族もみんな口数が少ないのだ。

思春期に湧き出した「不良の血」

中学校に入ると、部活は柔道部を選んだ。理由はもちろん「力」のためである。その頃の俺は「力こそすべてだ！」と、頑《かたく》ななまでに暴力を信奉していた。

小学生までは家で菓子を作るようなガキだったのに、俺は中学に入る頃から急にヤンチャになった。そういうことは世間ではよくあることだろうが、俺のように変わり方が激しかったのはちょっと珍しいとは思う。両親もおとなしいのに、こんな「不良の血」が湧き出してきたのはちょっと不思議でおもしろい。

持久力に自信がなかった俺は、「喧嘩《けんか》はとにかく速攻《ソッコー》だ。腕力でねじ伏せるしかねえ！」とマジで考えていた。

当時の不良にとっては、喧嘩で勝つことが何よりのステータスだった。と言っても、さすがに自分よりも身体の大きな奴に、素手ではかなわない。そういうときには道具も使った。だが、時代は変わった。今では俺も「男は腕力」とは思わない。

俺たち不良はいつもつるんでは仲間意識を確認しあい、不良グループの「輪」のようなものも形成されていった。こうした不良たちとつきあうことで、交友関係も変わっていき、小学校時代にバスケで遊んだ仲よしたちとは縁が遠のいていった。

俺は、柔道の稽古《けいこ》のほかに毎日五百回の腕立て伏せと腹筋運動の筋トレも続けたが、かえって腰を痛めてしまい、今もなんとなく腰痛持ちである。

それでも当時は喧嘩にだけは自信があった。

昭和の頃は、学校も会社も週休二日制ではなかった。その頃、土曜日は「半ドン」と言って、午前中だけ授業がある。だから、土曜日は学校に行って、そのまま隣町に仲間と一緒に繰り出すのである。まったく関係のない中学校にいきなり乗り込んだり、町をうろついている不良を適当に捕まえたりしてはよく殴っていた。そして、相手のポケットの中に手を突っ込んでカネを取り上げ、そのカネで飲食や買い物をするのである。

今では中学生でもこんなことをやれば、間違いなく「強盗傷害」として逮捕だが、当時は恐喝《カツアゲ》程度の事件などたいしたことはなく、被害者も警察に駆け込んだり、親や学校に泣きついたりすることはなかった。

俺たちの「遠征」はたいてい成功だったが、たまには失敗もある。

あるときなど、のちに有名プロボクサーになったTのいる不良グループと取っ組み合いになりそうになった。相手は十五人近く、こちらは三人である。

これはさすがにまずいのう……と思いながらも、ついに殴り合いが始まったとき、「お前ら、やめんか、コラッ！」と声がした。

商店街の肉屋のおっさんが、包丁を持って止めに来たのである。みんな文字通りクモの子を散らすように逃げ、俺たちは通りがかりのバスに飛び乗った。

バスの中でほっとして、三人で「助かったのう」と笑い合ったのを覚えている。そのへんはまだまだガキだった。

背中の般若《はんにゃ》

そして、週末の夜は、たまり場にしている仲間の家に集まってはカラオケボックスに行ったり、深夜から日曜日の夕方まで盗んだバイクや改造車を乗り回したりしていた。暴走族から譲ってもらった車検もないクルマのハンドルを握り、無免許で出かけるのである。ガソリン代や飲み食いの費用は、みんなで数千円ずつ出し合って充《あ》てていた。

暴走族には知り合いもいたが、俺はそこに加わりたいとは思わなかった。当時からクルマが好きだったし、悪天候のときもクルマのほうが断然便利なので、バイクにはほとんど乗らなかったというのも大きな理由だ。

クルマと言えば、最初は友人の母親が持っていた自動車をコッソリ拝借しての無免許運転である。エンジンをかけると音で分かってしまうので、そいつの家から少し離れたところまでみんなで押して、離れてからエンジンをかける。運転は動かしているうちに自然に覚えたが、よく事故を起こさなかったものである。

友人もみんな少年で無免許運転なので、警察に追い回されては逃げる、の繰り返しであった。

一九七〇年代後半の不良たちは、みんなこんなものだったのではないか。ずいぶんのんびりしていた。

俺は、ゲームにも興味がなかったから、当時からゲームセンターにはほとんど行っていないのだが、なぜかゲーセンに設置されている自販機のうどんは好きで、よく食っていた。今でもたまに食べる。

聞くところによると自販機のうどんは西日本では有名だが、東日本にはあまりないらしい。めちゃくちゃうまいわけでもないのに、今でもつい食ってしまうのは我ながら不思議だ。

タバコは中学生から吸っていたが、クスリ（＝違法薬物）の類《たぐい》は一切興味がなかった。不良仲間の中にはシンナーを吸っているヤツもいたが、俺はバカにしていた。涎《よだれ》を垂らしながら呂《ろ》律《れつ》の回らない、バカみたいなしゃべり方をするヤツらはマジで嫌いだった。

「俺は絶対にこんな格好悪い姿をさらしたくねえな」

昔も今もそう思ってきた。酒もきれいに呑《の》んでいるつもりである。

そもそも変なものをカラダに入れるのがイヤなのだ。病気を患《わずら》って病院に行くことはあったが、処方された薬をまともに飲むのも避けた。

とはいえ背中には立派な般若《はんにゃ》が彫ってあるので、矛盾していると言われればそのとおりで、これは反論のしようもない。ま、人間というのは矛盾《むじゅん》の塊《かたまり》だ、ということにしておこう。

「お前は将来、ヤクザになる」

そんなわけで、中学生の頃は男だけでつるみ、とにかく悪さばかりしていた。当時から普段着は圧倒的に白が多かった。どこで買っていたのかは思い出せないが、ガキのくせに白いジャケットとスラックス姿である。当時からファッション雑誌などは見ないで自分のフィーリングで選んでいた。なぜかずっと白が好きで、地元の成人式も白いスーツを作って出席した。

今でも白は大好きで、今の俺の事務所の応接室も白がキー・カラーである。そんな格好ばかりしているから、中学生ですでに、今は無き大日本平和会（一九九七年解散）系幹部の自宅（岡山県内）にひんぱんに出入りするようになる始末である。

中学校生活も後半に差しかかる頃になると、すっかり一人前の不良で、教師たちからは「お前は大人になったら絶対にヤクザになるぞ」と言われ、同級生たちも俺のことを「極柳《ごくりゅう》」だの「極道先輩」だのと冗談交じりに呼んでいた。

もっとも俺は学校で浮いていたわけではなく、女子生徒ともけっこう仲よくやっていた。今でも地元にはその当時から仲がいい女子連中がいて、たまに会うと昔話に花を咲かせている。

一方で、ある時期からは密《ひそ》かに勉強もしていた。いつだったか、「このままでええのんかいの」とふと思った。

「まったく勉強しないで好きなことばっかやって、このまま無知なオッサンになるのは、格好が悪い、悪すぎる」

今思えば、獄中《なか》で司法書士試験の勉強を始めたのとも通じる心境だったが、「最低限の知識だけは習得しよう」と急に考えて実行することにしたのだ。

とはいえ、いきなり全科目を勉強するのはムリである。国語と数学だけきちんとやっておけばいいと思い、教師や不良仲間には内緒で数学の学習塾に通い、国語は自宅で一人で勉強した。おかげで数学や国語の成績はそれほど悪くはなく、不良仲間は「何でや」と不思議がっていたが、俺は笑ってごまかしていた。

内緒で塾に通っていたおかげもあって、地元の高校を受験して合格もしていたが、ほとんど行かなかった。試験は母や担任が「受ければ合格する」と言うからしょうがなく受けただけで、自分が行きたいわけではなかった。それにどうせ遊び仲間はみんな不合格だったから、そんな高校に通ってもつまらんと思った。

そんな俺を見て担任は「お前はやればできるのに」と泣いていた。両親からは何か言われた記憶はないが、ガッカリはしていたと思う。だが、俺が行きたくなかったのだから、しかたがない。今も後悔はない。

有名大学から有名企業を目指したいなら進学してもいいが、「みんなが行くから」という理由だけで高校に行くなんて、もったいない。時間の無駄である。

俺は我が道を行く。……いや、実は何も考えていなかっただけかもしれない（笑）。

だが、小さい頃から俺は「自分で会社を作って何かをしたい」と漠然と考えていた。父親のことを軽蔑していたわけじゃないが、勤め人になったら誰かの下で働かなくてはならないことも何となく分かっていたから、それはイヤだと思ったのだ。それにそもそも、毎日、決まった時間に出勤しなきゃいけない、なんてのは勘弁だと思った。

誰かに雇われたくない

「将来は億万長者になる」

俺は小学校の、「将来の夢」と題した寄せ書きにこう書いた。

なぜそう思ったのかは思い出せないが、なんとなく大きなことをしたいといつも考えていた。

だが中学校を出てからは、しばらくぶらぶらしていた。

レストランでウェイターのアルバイトをしたこともあった。

ガラの悪い客が来て、無茶《むちゃ》なことを言ったり、俺のことをからかったりしたときにはすぐに言い返していたが、当時はお客さんも大らかだったからか、それともまともにガキを相手にしてもしょうがないと思ったのか、問題にはならなかった。

そういう意味ではこのアルバイトは楽でよかったし、居心地もよかったが、やっぱりウェイターで一生を終わりたくないと中学を出たばかりの俺は考えた。アルバイトならば店長の言うことは聞くのは聞くが、やっぱり他人に使われていることには変わりがない。

俺の好きな永ちゃん（矢沢永吉さん）じゃないが、「頼れるのは自分しかない」という気持ちはガキの頃から強かった。

だからウェイターのバイトも「こんなもん、いつまでもやるもんやない」とあっさり辞めてしまった。さて、これからどうするか——それは走りながら考えればいい。

鑑別所から少年院へ

ちょっと話が前後するが、俺の少年院《ネンショー》デビューは、中学を卒業して間もない頃である。十六歳だった。

無免許運転で逮捕されて、鑑別所から鳥取県米子《よなご》市の美保《みほ》少年院（美保学園）に六ヵ月間入れられた。

ちなみに、この本を書くために調べてみたら、美保少年院は二〇二一年四月に閉庁されていた。今はどこもかしこも少子化で、少年院も例外じゃない。小中学校と同じで、少年院の統廃合がどんどん進んでいる。学校ならばともかく、少年院がなくなってもちっとも寂しくも残念でもない。

それはさておき、初めて逮捕されたのは、一方通行の道路で待ち伏せしていた警察官が運転席の窓に顔を入れてハンドルをつかんで止めようとしたので、かまわずに走って引きずったからだ。罪状は公務執行妨害である。

あの頃は無免許運転が日常だったし、警察官もたいしたケガはしていなかったようなので気にも留《と》めなかったが、今の時代なら新聞ダネになっていただろう。

少年院は、少年刑務所や刑務所に比べて格段に厳しい。というのも、少年院は「更生の余地あり」と判断された者が送られる場所だからだ。刑務所のような「刑務官」ではなく、「教官」からビシビシと厳しくされるから、何割かは懲りて事件を起こさなくなるが、残りの人間はだいたい少年院がきっかけでヤクザの道を選ぶことになるのだから、少年院というのは存在意義があるのかないのか、正直分からない。

それにしても日本海に面した米子の冬は、温暖な瀬戸内海に面した岡山で暮らしてきた俺には少々厳しかった。雪がちらつく中でもマラソンなどの屋外運動をさせられるし、雪かきや農作業もある。

でも、いちばんきつかったのは納豆だ。元々、岡山では納豆をほとんど食べる習慣がなかった（今では違うようだが）。家でも納豆は出されなかったから、あの見た目と臭いは正直、勘弁してほしいものだった。

だから少年院の食事に納豆が出ても、それだけは手をつけないことにしていた。だが、少年院では食べ物を残すことは許されない。食事も「教育の一環」というわけなんだろう。

なので出されたものを完食しないと絶対に許されない。教官は俺が納豆を食べ終えるまでは後ろでずっと見張っているのだが、それでも食わないものは食わない。どうせ就寝時間になれば監視も終わりだと分かっているから、俺は平気な顔をしていた。十日に一度は納豆が出てくるので（鳥取も納豆は食べないはずだが）、いつも同じ「バトル」を教官と繰り広げていた。今になって思い出せば笑い話だが、そのときは真面目に戦っていたのである。

少年院の食事で思い出すのは、これは他の院生も同じだろうが、月に何度かの「パン食」だ。コッペパンにジャムやチョコレートスプレッドがついてきて、その甘さと言ったらなかった。

これは少年院に限ったことでなく、刑務所でも同じだが、入っているときに一番何がほしいかというと甘いものである。判決が確定する前の拘置所では、自腹で弁当や菓子を買うことができるが、いったん中に入ってしまうともうそれはできないから、たまにパンや菓子が出るのが待ちきれない状態になる。見方を変えれば、施設側はそうやって収容者を「釣っている」わけだが、しかし、やっぱり人間は食べ物には弱い。

半グレに流れる若者たち

それに少年院の場合、ここではじめて「一日三食」にありつけたという子どもは珍しくないだろう。親の育児放棄や虐待から非行に走り、ヤクザになるのは当時も定番コースであった。

なぜ「あった」と過去形で書くかと言えば、今どきの子どもたちはまずヤクザにはならず、半グレ集団を選ぶからだ。厳格な男社会で、上下関係にやかましいヤクザとは違い、半グレ集団には親分や兄貴がいるわけではない。未成年も女の子もいるから気楽だ。

警察は今でも表向きは暴力団退治を最優先にしているが、実際のところ、ヤクザはもうこのインターネット時代には衰退産業で、「新人」は入ってこない。みんな半グレに流れている。

それは警察も分かってはいるだろうが、組織がかっちりしていない半グレの情報を取るのも、立件するのもむずかしい。だから半グレは後回しにして、「点数」になりやすいヤクザのほうばかり相手にしてきた。その結果、今やヤクザより半グレのほうが社会問題になってしまった。

ちょっと話が堅くなった。

刑務所の飯ということで言えば、うまいと思ったものの一つが、神戸刑務所の「筑前煮《ちくぜんに》」だ。全国のそれぞれの施設に「名物」があるそうだが、あの筑前煮はうまかった。刑務所の飯だから特別な材料を使っているわけでもないのにうまいのは、大鍋で煮込むからだろう。料理が好きな俺は、今でもときどき神戸刑務所の筑前煮の再現に挑戦しているが、やっぱりあの味は出ない。鍋の大きさというか、一緒にどれくらいの分量を作るかということが鍵なんだろう。

ちなみに食事は懲役（＝受刑者）が作る。懲役刑とは「刑事施設に拘置して所定の作業を行わせる」（刑法第十二条第二項）ことで、工場でタンスなどを作るイメージがあるかもしれないが、食事の支度《したく》や受刑者の衣服の洗濯、施設内の掃除もみんな「刑務作業」なのだ。

房内には小学校のときのような「献立表」が配られ、みんながそれを楽しみに読んでいた。みんなが熟読しすぎて紙に穴があきそうだった。

もちろん食事の献立を考えるのはプロの栄養士だが、受刑者の中から「炊場《すいじょう》」担当者が選ばれて調理をする。炊場では包丁を持つし、食材をくすねる可能性もある。だから、調理の経験があるかどうかで選ばれるのではなくて、ちゃんと刑務所のルールを守れていて、仮出所も近い、つまり悪さをしそうにないエリートが任命される。もちろん、俺のような問題児は最初から候補外である。

十八歳の「社長」

少年院を出た俺は、人材派遣の会社を設立して社長になった。

地元の不良を集め、建設現場などに派遣するのである。人材派遣業といえば聞こえがいいが、単なる「人夫出し」である。これがけっこう儲かった。

雇われる方もみんな不良だから、サボる奴、休む奴がいても、暴力をちらつかせて命令すれば簡単に片が付く。その点はカタギを雇うよりもずっと楽で、「人を使う」とか「働かせる」という苦労はそれほどなかった。

唯一の苦労といえば、仕事を切らさないために定期的に元請会社などに営業に行き、絶えず請負仕事をもらうことだった。

だが、時代は一九八〇年代後半からの不動産バブル経済による好景気だったこともあり、仕事はいくらでもあった。

当時の収入は十八歳のガキながら月に百万円、多いときで三百五十万円ほどにもなった。ポケットベル全盛期の頃に、当時最先端だった携帯電話を契約し、外車を乗り回し、夜には繁華街へと足を運んだ。

竹垣《たけがき》会長との出会い

商売は順調だったが、二十歳を過ぎるとバブルが崩壊し、そのあおりで人材派遣業も厳しくなってきた。

さて、これからどうしようか。

どうせ口入れ屋は俺一人でやっていたから、仕事が入らなくても困るのは俺だけだ。だから、不景気になったからといって慌てる必要はない。だが、やることがなくて毎日、ブラブラしているのもつまらない。

そこでちょっと気分転換に……と言うと不謹慎に聞こえるだろうが、「ヤクザになってみるのも悪くないか」と思ったのだ。

実は、以前からヤクザ業界からの「スカウト」は受けていた。

人材派遣の会社を経営していた十八歳の頃に知り合った元ヤクザのおっさんとはウマが合い、よく一緒に遊びに出かけた。俺が通っていた倉敷市内のスナックの客で、四十代半ばのパンチパーマのおっさんである。かつては山口組の傘下《さんか》組織の組員だったという。

このパンチパーマから何度か「ヤクザしてみぃひんか？」と勧誘されていたのだが、会社も順調だったし、断わっていた。パンチパーマとしては、若い有望な奴を紹介すれば自分の評判が上がると踏んだのだろう。そんなことのためにヤクザになったらつまらない。

しかし、バブル崩壊の影響で会社の経営が悪化してしまい、その後の展望もなかったので、誘いにのってみることにした。

こうしてパンチパーマの紹介で、五代目山口組傘下「義竜会《ぎりゅうかい》」の竹垣悟《たけがきさとる》会長の盃《さかずき》を受けることになった。一九九三年だったと思う。

俺は、ヤクザの道を歩むことも誰にも相談しないで一人で決めた。特に根拠はないのだが、なぜかやっていける自信もあった。

義竜会は姫路市に本部がある。竹垣会長は四代目山口組・竹中正久《たけなかまさひさ》組長時代に組長秘書、竹《たけ》中武《なかたけし》組長の下で若頭補佐、中野《なかの》会若頭補佐、古川《ふるかわ》組舎弟頭補佐を歴任しているから、堂々たる山口組の幹部である。

しかも、竹垣会長は若い頃には「大部屋俳優」ではあるけれども、黄金期の東映《とうえい》で役者をしていたから、男ぶりもいい。まるでヤクザ映画の中からそのまま出てきたんじゃないかというぐらいの存在感だった。

俺が会長のお世話になることに決めたのは、山口組が国内最大組織だからではない。紹介された親分の人となりにふれ、「この人には〝心〟がある！」と直感したからである。

まだ二十歳かそこらの若造ではあるが、中学を出てからはそれなりに世間を見てきた。大きな会社の偉い人でも、人間的にはつまらない、信用できない奴がたくさんいることも仕事を通じて知っていた。大事なのはその人自身であり、肩書きではない。

その俺の直感は、竹垣会長は「俺の人生を預けても大丈夫な人だ」ということを教えていた。

この直感は間違っていなかったと、今でも思っている。

二〇〇五年に会長が引退したときに俺もヤクザをやめたのも、俺は組織の一員ではなくて、竹垣会長の子分だという意識があったからだ。会長のいないヤクザの世界には興味がない。だからやめた。それだけのことだ。

当時はバブル崩壊からの不況が続き、一九九二年には暴対法（暴力団員による不当な行為の防止等に関する法律）が施行されていたが、まだまだ五代目山口組体制は盤石といえた。

俺の地元である岡山も、石を投げればヤクザに当たるといっていいほど、たくさんのヤクザが闊歩《かっぽ》していた。当時は今ほど暴力団排除の風潮も強くはなく、不良に憧《あこが》れる若者も多かったし、元々、俺も興味がないわけではなかった。

ヤクザになったのは、その当時の俺の生き方としては、ごく自然な流れだったと思う。

会長の教え

むしろ暴力団排除が進んでいる現在も、ヤクザをテーマにした映画や漫画、小説は人気がある。ヤクザ社会の暴力や悲しみ、切なさなどは普遍的な魅力があるのだろう。

一方で、俺には「たかが倉敷のヤクザでは終わりたくない」という思いもあった。地元のヤクザたちからも勧誘されていたが、まったく興味はなく、考える余地など一ミリもなく断わり続けていた。

山口組の傘下組織に入った俺は勢いがついたというか、内面に秘められていた暴力性が剝《む》き出《だ》しになったようで、とにかく荒れていた。

神戸刑務所と広島刑務所に収監されたのも暴力がらみの事件である。

ただし、断わっておくが、女性など弱者に暴力をふるったことはない。弱い者をいたぶるのはいやだった。もちろんクスリにもさわっていない。

俺はもともとクスリが嫌いだが、どこの暴力団組織もタテマエとしてはクスリにさわることを禁じている。

「タテマエ」というのは、シノギ（資金獲得活動）としての密売は容認していても、使用は厳禁という組が多い。常用者になると頭がおかしくなり、何を言い出すか分からないからだ。もちろん組員がかわいいのではなく、組織防衛である。パクられた若い衆が警察で余計なことを言えば、組織も損害を受けるからだ。

それはさておき、二〇〇五年、俺がヤクザをやめたのは、この年に俺の所属していた会が解散したからである。会を解散して親分がカタギになるなら、俺も一緒にカタギになると即座に決めた。俺の親分は、ただ一人だという思いがあったからだ。

俺はもともと自分が惚れた親分についていきたいだけだったし、俺が所属していた会は自由な雰囲気であった。一口に「ヤクザ組織」といってもいろいろあるのだ。

だから、上部団体の親分の下の「部屋住み」も辞退してきた。「部屋住み」とは、事務所に寝泊まりしてヤクザの所作のほか一般的な礼儀作法、調理などの家事まで叩き込まれるありがたい機会であり、出世の早道でもある。

だが、俺には出世への興味がなかった。

ヤクザでもサラリーマンでも、組織のトップに立ちたいと誰もが思うのだろうが、まったくそんな気がない俺を親分は評価してくれていた。

俺は、光栄なお誘いをすべて辞退し、竹垣会長だけについた。会長もそんな俺の気持ちを見抜いてくれたのだろうと思う。

竹垣会長から教わったことは数限りない。

「男としての資質でいちばん大切なことは、辛抱や。なにごとも辛抱。できない辛抱をするのが男なんや」

ある夜、会長にこう言われた。

その頃から俺は辛抱強くなり、自制のきく人間になれたと思う。そして、この辛抱が今も自分の中で生きていると思う。

宅見勝《たくみまさる》若頭射殺の衝撃

自ら選んだ渡世の稼業であったが、意外にも引退の時期は早く訪れることになる。背景には山口組の内紛があった。

一九九七年八月、五代目山口組の宅見勝《たくみまさる》若頭（当時）が神戸市内のホテルで射殺された事件は、山口組だけでなく社会的にも大きな波紋を呼んだ。

山口組という国内最大組織の事実上のナンバー2である若頭が殺されるというだけでも大事件だが、午後のティータイムを楽しむ客でにぎわうホテルのラウンジ内での発砲である。しかも、流れ弾で居合わせた一般人の客が亡くなってしまった。

警察の動きは遅く、犯人の指名手配は半年ほども後になるのだが、なぜか山口組内ではその日のうちに「中野会の犯行」と知れていた。中野太郎会長率いる中野会は、もとは山健《やまけん》組の傘下組織であったが、事件当時は山健組からは独立して五代目山口組の直参《じきさん》（二次団体）となっていた。

この中野会長は、事件の前年の九六年七月、行きつけの理髪店で京都の会津小鉄《あいづこてつ》系組員に銃撃されている。中野会長にはケガはなく、会長のボディーガードが逆に会津小鉄の若い衆を二人も射殺した。

中野会長は事件の少し前から京都に住んでいて、若い衆たちが京都で暴れており、縄張りを荒らされた会津小鉄の関係者は激怒していたという。床屋での襲撃は、これが原因とされている。

では、いったいなぜこの中野会長が同じ山口組の宅見若頭に恨みを持って、殺そうとしたのか。

それは、この会津小鉄と中野会との手打ち（和解）を宅見若頭だけが仕切っていたからだ。自分の頭越しに手打ちをされたことに中野会長が不快に思ったとも言われているし、「宅見が会津に言ってワシを襲撃させた」と思ったとか、そんな噂《うわさ》も出ていたのである。

なお、この床屋襲撃の一件で、中野会長はトップとしての責任を問われてはいない。正当防衛との判断なのだろうか。もちろん「起訴しろ」という意味ではないが、ボディーガードは拳銃を所持していたのだから、その責任を問われてもおかしくはない。

実際、宅見若頭射殺事件後には、当時の山口組の若頭補佐だった司忍《つかさしのぶ》、桑田兼吉《くわたかねよし》、瀧澤孝《たきざわたかし》の各組長が配下組員に実弾の入った拳銃を所持させたとして、銃刀法違反の共謀で逮捕、起訴されている。

報復の連鎖

この件に関しての裁判所の判決がバラバラな点は、注目すべきところだ。

司組長は、一審は無罪であったが二審の有罪判決が確定して服役となった。桑田組長は一審で有罪となり、即日控訴したが東京高裁は棄却、最高裁でも争ったが上告棄却で有罪が確定し、服役中に病気になって死亡した。また瀧澤組長は一審は無罪で裁判が十七年も続き、刑事被告人のまま亡くなっている。

裁判とは、あくまで個別の判断であり、似たような事件であっても判決が異なるのは当然だし、時代によっても変わるものであるが、ことヤクザがらみの事件についてはそれが極端だ。時には裁判所みずからが強引に法律の解釈を曲げて、ヤクザに厳しくしているケースもある。

話がそれたが、宅見若頭射殺事件の直後から、宅見組による中野会関係者への凄惨な報復《カエシ》が続いた。不思議なことに中野会長はさらなる反撃を許さず、「中野会《ウチ》はやっていない」と繰り返すのみだった。

五代目山口組の渡邉芳則《わたなべよしのり》組長は、「（中野会の犯行かどうかは）証拠がない」として静観の構えを見せていたが、山口組の執行部に押されて中野会長を破門している。

そして、射殺の現場に居合わせて流れ弾に当たって危篤状態だった一般人が亡くなると、さらに重い絶縁処分とした。

破門はまだ組織への復帰が見込めるが、絶縁は復帰の余地はない。また、破門・絶縁者と交際すると、処分した組織への敵対とみなされるので、破門・絶縁処分を受けた者は、ヤクザ業界で孤立することになる。

当時、俺は一時的に岡山に帰省していたのだが、岡山県内の山口組関係者に文字どおり袋叩《ふくろだた》きにされたことがある。あの頃は、中野会の関係者と見られたら全員が宅見組の標的にされていた。当時、竹垣会長の義竜会は中野会の傘下にあったから、その義竜会の俺も狙われたのだ。

暴力には自信がある俺だが、「敵」は七、八人ほどおり、一人では歯が立たなかった。ボコボコにされて病院に担ぎ込まれてしまった。

後に岡山県警から「警備」の申し出を受けたが、格好悪いので断った。ヤクザという立場にありながら、警察に保護されるのはどう考えてもすっきりしない。しかも盾を持って自宅玄関前に張り込むというのだから、格好悪すぎだ。だから、カンベンしてもらった。

それからしばらくした二〇〇五年、親分が引退することで俺も足を洗うことになる。

右翼団体を率いて

宅見勝若頭の一件など、山口組や義竜会を取り巻く環境は文字どおり、激動だったが、そんな中、俺は二〇〇三年に右翼系の政治団体「政治連盟柳心会《りゅうしんかい》」を結成し、自ら会長の椅子に座った。大阪府選挙管理委員会には二月二十一日に届け出ている。

当時の俺は三十一歳、構成員は俺を含め三十四人でスタートした。設立の目的は——格好つけた感じに聞こえるかもしれないが、ヤクザではなくマフィア、日本版のマフィアを作りたかったのである。自分で言うのもなんだが、堂々たる旗揚げだった。

ところが、二〇〇五年に俺がヤクザをやめたこともあって、構成員が十人足らずまで減少してしまう。

俺は再び構成員を増やすために、他組織の絶縁者や破門者を寄せ集め、中国マフィア組織をも傘下に入れて勢力を盛り返した。こうして柳心会は右翼団体から日本人・中国人混合のマフィア組織の道を一直線につき進むことになる。

羽振りがよくなった俺は真っ白のスーツを身に纏《まと》い、中国人マフィアの関係者を何人も連れて、大阪はミナミの繁華街を毎晩のように練り歩いたものである。

あの頃は、何でも手に入る一方で、俺は常に命の危険にさらされていた。

たとえば中国マフィアのたまり場となっていた大阪ミナミのクラブのことは今でも思い出す。なんとも不気味な店であった。雑居ビルの最上階にあり、入店時には重厚な鉄の扉の横にあるブザーを鳴らすシステムである。中から覗き窓で確認され、開錠されて入るのだが、そこはまさに異世界だった。

大音量の音楽の中で中国人たちが瓶ビールを片手に踊りまくり、時には銃声も聞こえた。中国マフィア同士のトラブルだろうが、俺の頭の上を銃弾が行き交うのだから、生きた心地はしない。

強引に金銭を要求していた相手から拳銃を額に突き付けられたこともある。拳銃を持つ男の声と身体は小刻みに震えていた。

こいつは本気だ！

俺の掌《てのひら》にはねっとりした汗が滲《にじ》み、心臓の鼓動も大きな音を立てていた。

なんとか助かったが、これだけは今になって思い出しても恐ろしい。ちなみに中国系だけではなく日本のヤクザとのトラブルもあったが、抗争には至らずに終息している。

当時の俺は、正業として盟和《めいわ》総合調査事務所という興信所（大阪府調査業協会所属）や家電の輸出業、キャバクラ経営などを手がけていたほか、闇金や不動産ブローカー、債権回収などの裏仕事もしていた。

当時のことで今思い出しても笑えるのが「金餅《かねもち》」というキーホルダーを使った闇金だ。普通の闇金稼業をやっていたら警察がうるさい。そんなときにたまたま金色の鏡餅のキーホルダーを大量に仕入れる機会があった。物自体は単なるオモチャだからチャチなものだ。それも債権回収に東大阪の商店に行ったら、ほとんど金目の品がなかったものだから、しかたなくこれを引きあげてきたという代物である。

だが、それにこんな宣伝文句を付けて「売った」のだ。

「金運──金餅　世界の大金持ちのほとんどの人は昔から『黄金色《こがねいろ》』を好みます。大金が『黄金色』を一番に好んでやってくるのです。この金餅は身につけたり持っている人に金運をもたらす幸運のキーホルダーです」という宣伝文句をつけて、金餅を六千円で売る。

これだけだったら、どこにでもあるお守りの販売だが、ここからが俺のアイデアだ。

「金餅をご購入の方には当方より3万円を5日間、無利息・無担保・無保証にてお預けいたしますので、ぜひ、金餅の運試しにご使用してください（5日目に3万円は返してネ★）」（原文通

り）

勘のいい人間だったら、「なるほど、金餅六千円は先払いの利子で、三万円を五日間短期で融資してくれるんやな」と気付く。

まさにそのとおり、三万円から六千円は天引きして、お買い求めの人には二万四千円を渡す。そのカネでパチンコなり競艇なりで運試ししておいで、というわけだ。実態は五日に二割という高額な金利だったが、これなら闇金にも当たらないだろうというのが俺のアイデアだった。返済できない客から泣きつかれた警察に呼び出しを食らったが、警察官も「いろいろ調べたが、こんなアイデアで闇金やった奴は日本全国、どこにもおらんで」と頭を抱えていたのがおかしかった。

こんな愉快なこともあったのだが、柳心会の発足から四年ほど経過した二〇〇七年に、再び柳心会に危機が訪れる。主要メンバーの一人が亡くなったほか、数名の逮捕者が出たことを機に再びメンバーが減り始めたのだ。

さらに、経営していたキャバクラも赤字に転落した。この損失を補填《ほてん》するために、黒字経営だった家電の輸出会社の売り上げを回していたのだが、これはやってはいけないことであった。結局は自転車操業となり、キャバクラも輸出会社も再起不能となってしまったのである。

しかたなくいったんすべてを手放すことにして、二〇〇八年に会社は清算し、岡山の地元に戻ることにした。このときも、郷里の両親は何も言わなかった。

「過払金訴訟」で一儲け

地元を拠点にした俺は、当時盛んだった「過払金訴訟」で稼ぐことにした。実は大阪時代から過払金訴訟を手がけていたのだが、あまりにも目立ったので大阪地裁から目を付けられ、大阪では自粛していたのである（結局、岡山でも複数回やったので、最終的には岡山地裁からも「弁護士法違反」の指摘を受けた）。

「過払金訴訟」という言葉はテレビやラジオのCMでお馴染《なじ》みだろう。正確には「不当利得《ふとうりとく》返還請求訴訟」といって、消費者が金融業者（サラリーマン金融、消費者金融、クレジットカード会社）に払い過ぎていた利息を返してもらう訴訟を代行するのである。

二〇一〇年までは、サラ金の金利には「グレーゾーン」があった。いわゆるトイチ（十日で一割の利息）などという、暴利をむさぼる街金《まちきん》が違法なのは言うまでもない。それまでも一定以上の金利は法律違反とされていたのだが、実はこの金利の上限には二つあって、その間の金利がグレーゾーンとなっていたのだ。

すなわち「利息制限法」による上限金利（元本の金額によるが年十五〜二十パーセント）と

「出資法」の上限金利（当時は年二十九・二パーセント）の二つがあって、消費者金融をはじめとする貸金業者の多くは高いほうの金利二十九・二パーセントを「法定利息の上限」と解釈して、キャッシングやローンをやっていたのである。

サラ金でいったんカネを借りたら、あっという間にローン地獄に陥《おちい》ると言われたのは、このせいである。三割近い金利がついたら、返せるほうがおかしい。しかし、カネに困っているときは、ろくに利息なんて見ないから、ついついサラ金から借りてしまって痛い目に遭う。Aというサラ金の借金を返すために、Bという別のサラ金からカネを借りて支払いに充て、さらにBの借金を返すためにCという業者から借りる……あっという間に多重債務者が出来上がってしまう。

この「グレーゾーン金利」問題について、最高裁が画期的な判決を下したのが二〇〇六年一月のことだ。

それまで顧客からの過払利息の請求に応じなかったことで有名だった「シティズ」という会社があった。ちなみにこの会社の顧問弁護士が、かの橋下徹《はしもととおる》氏だったとは知る人ぞ知る逸話だ。ところが、鳥取県の男性に三百万円を年利二十九・二パーセントで貸した件について、最高裁が「上限を超える金利について、事実上強制されて支払った場合、特段の事情がない限り、無効」という判決を下した。

最高裁の判決が出たということは、新しい法律が出来たのと同じくらいのパワーがある。このシティズ判決以来、過払金請求を客が行なったら、かならず業者はそれを支払わなければいけないことになった。

これでサラ金業者は大打撃を受けることになる。中でも消費者金融業界トップと言われた武富士《たけふじ》のダメージは大きかった。同社の過払額は二兆四千億円とも言われ、経営を続けられなくなった。二〇一〇年には会社更生法の適用を申請し、武富士という会社は消滅した。そして同年、法律の改正で「グレーゾーン金利」もなくなり、年二十パーセントが上限となったというわけだ。

三十八歳、再び「塀の内側」に

説明が長くなったが、大阪から岡山に戻ったのはちょうど、その「過払金返還訴訟ブーム」が始まった頃だったので、それでとりあえずは食いつなげると考えたのである。

過払金返還の訴訟は弁護士、あるいは「認定司法書士」(後述)が受けることができる(司法書士の場合は百四十万円までの上限がある)。「ナントカ司法書士事務所」という宣伝文句は読者も聞き覚えがあるだろう。

と言っても、当時の俺はまだ司法書士の資格などない。

だから、過払金を取り戻したいという依頼人から、債権を譲渡してもらってそれで甲村柳市が相手側（業者）を訴えるという形にした。

「債権を譲渡」というのは、依頼人の、業者に対する「不当利得返還請求債権」を買い取るということだ。もうちょっと分かりやすく言うと、貸金業者が不当に得た利益（利得）を返してもらう権利を買い取るのである。もちろん、そこで取り返した過払金は、依頼人と俺とで分ける約束にする。

もちろん、譲渡された俺は弁護人を頼んだりはしない。

裁判所に出す訴状などは自分で書く。裁判の書面作成など、素人には無理だと思われるかもしれないが、実際にやってみたらそれほどむずかしいものでもない。分からないことがあれば、裁判所に行って聞けばいい。

それに俺はこれまでの稼業で、こうした訴訟ごとはいろいろ経験して、弁護士や司法書士の先生たちがどうやって仕事を進めているかも知っていたから「過払金訴訟なんてチョロいもんや」と分かっていた。

おまけに過払金訴訟はもう最高裁のお墨付きなのだから、負ける気遣いはない。誰がやっても百戦百勝だ。

岡山に帰って、昔からの顔なじみで「これはサラ金からつまんどるやろな」という連中に声をかけたら「お客」は簡単に見つかる。おかげでけっこう儲けさせてもらった。

だが、いいことは続かない。

ある日、近所のスナックで呑んでいたら警察官とトラブルになり、公務執行妨害で現行犯逮捕されてしまったのだ。今思ってもたいした罪ではなく、せいぜい罰金刑の事件であるが、別の事件で執行猶予期間中だったのは痛かった。

また、前科がすべて暴力事件であったことから、裁判所に「粗暴癖《そぼうへき》がある」と判断されて、懲役刑の実刑判決となったのである。

この判決で、公務執行妨害および執行猶予の取り消しを併せて約三年も服役することになった。

二〇一〇年冬、三十八歳の時である。再び収監された俺は「こういうことの繰り返しでええんやろか」と人生の転換を真剣に考え始めた。そして、司法書士の資格取得に向けて猛勉強を始めることになるわけだ。ちなみに二〇一一年春、広島刑務所を仮出所すると、すぐに大阪に行って柳心会は解散とした。

第2章 ムショで俺が学んだこと

四十にして立つ

俺は以前から「自分の人生の分岐点は四十歳」と考えていた。

正直、いつまでも今の稼業を続けられるとは思わなかった。暴対法で、元ヤクザに対する風当たりが強くなっているし、それでも突っ走ってこられたのは、やはり若さのおかげだろうとも思っていた。

これまでの人生、いろいろと波風もあったが、自分なりに考えながらやってきて、それなりにも稼げたし、またおもしろいこともたくさん経験した。でも、それがいつまでもできるかと言われたら、我ながら疑問であった。

だから、どこかで自分の道を見直すことになるだろうとは予感していた。そこで直感的に思ったのは「見直すとしたら四十歳やろな」ということだ。

何より、四十歳なら気力も馬力もある。やり直すことは充分に可能だ。それはこれまでの人生でさまざまな人たちに出会ってきた中での、自分なりの結論だった。

だから三十八歳になって収監されたとき、最初に心をよぎったのもそれだった。「そろそろ自分も分岐点にさしかかったんじゃなかろうか」と。

とは言っても、今は塀の中だ。何かをしようにも限られている。かといって、「仮釈放になってから考える」では俺らしくない。これまでも即断即決の男でやってきた。それは変えられない。

そこで、ふと思いついたのが「法律関係の資格を取る」ということだった。警察は俺を武闘派と見ていたが、俺自身は頭を使って稼ぐほうが好きだったし、そうやって来た。そんな中で「おもしろい職業やなぁ」と思っていたのが弁護士や司法書士という仕事だ。

「法律を守る」「法律を破る」というのは普通の発想だ。「法律はうまく使うものだ」というのが俺の頭の中にあった。それを職業としてやっているのが弁護士や司法書士といった、いわゆる「士業《しぎょう》」という国家資格だ。

しかし、簡単に合格できるようなものではつまらないし、そもそもそれじゃあ他人から使われて終わりになる。

だから、まず俺は「司法試験」にチャレンジすることを考えた。司法試験は弁護士、裁判官、検察官になるための入り口だ。普通は大学の法学部とか、いわゆるロー・スクールと言われる「法科大学院」を出てから試験に挑戦するものだが、そこは運転免許と同じで、学校に行かずに、まず予備試験に合格し、それから司法試験の本試験に挑むということもできる――そういうことは何となく知っていた。

元ヤクザで四十歳を前にした男が、弁護士資格を得るというのはけっこう格好いいんじゃないかと考えたわけだ。中学しか出ていなくても、英語とか数学の問題が出るわけじゃない。法律は日本語で書いてある。怖くはない。

前科者の「壁」

もちろん「司法試験はむずかしい」ということは知っていた。国立大学の法学部を出たからといって簡単に合格できるわけじゃなくて、中には何年も浪人を繰り返すこともあるらしい。だが、そんなハードルの高さを気にしていたら何にもできない。むしろハードルが高いほうがチャレンジのしがいがあるというものだ。

「よし、目指すは司法試験だ！」

そう思って、いろいろ調べたら――刑務所にいても司法試験の学校のパンフとかは取り寄せられるし、刑務所内の図書室には六法全書は常備されている――、なんと意外な落とし穴があった。いや、意外でもないか（笑）。

それは「欠格事由《けっかくじゆう》」というものだった。

さっきも書いたように司法試験そのものを受けるのに学歴とか年齢、その他の制限はない。日本の国籍を持っていなくても大丈夫だ。

しかし、晴れて試験に合格したとしても、そこから弁護士になるのには条件がある。弁護士法第七条にはこう書いてある。ちょっと堅苦しくなるが、許してほしい。

第七条（弁護士の欠格事由）　次に掲げる者は（略）弁護士となる資格を有しない。

一　禁錮以上の刑に処せられた者

（略）

四　破産手続開始の決定を受けて復権を得ない者

俺の場合、この七条の（一）が問題だ。

つまり「禁錮以上の刑」ということ。

禁錮というのは、刑務所に入れられ、自由を奪われるが刑務作業はしなくていい刑のこと。一般には禁固刑と書く。実際には禁錮刑を宣告されることはあんまりなくて、たいていは「懲役刑」、つまり刑務所に入れられて、そこで刑務作業を強制される刑が言い渡される。禁錮と懲役のどっちが上か――いや、「上」というのは変だな――というと、もちろん懲役刑のほうが重い。だから「禁錮以上の刑」というと、懲役も含まれる。

だから、俺のようなムショ帰りはこれに引っかかる。

ただ、執行猶予になった場合は、その期間を何ごともなく過ごせば、刑の言い渡し自体が消滅するので、弁護士になる資格は得られる。

また厳密に言えば、一度でも禁錮、懲役に処せられたら、一生アウトと決まったものではない。

こっちは条文を省略するが、刑法第三十四条には「刑の消滅」という規定がある。

ざっくり言うと、裁判で刑が確定しても、それから十年間、罰金以上の刑を受けなければ刑を受けたという事実が消滅して、前科による資格制限がなくなるという規定である。

と言っても、前科そのものは消えない。

たとえば「刑の消滅」があっても、何かをやらかして刑事裁判ということになれば、過去に刑の宣告を受けたことが考慮されて、罪が重くなるとか、情状酌量がされなくなるとかは充分にありえる。そういう意味では前科者は一生、前科者だ。

だが、それは刑事裁判の場合で司法試験には当てはまらない。ただし「刑の消滅」になっていることが大前提だ。

ということは、今、広島刑務所にいる俺が「刑の消滅」となるには十年以上もかかるわけで、そのときにはもう五十歳近い。

それから新米弁護士になるのはきつい。

やっぱり「絵に描いた餅」だったか、と諦めかけたが、さらに調べてみたら「司法書士」ならば俺のような「前科者」でもなれるということが分かったのだ。

これだ！

司法書士とは

司法書士とは、「登記《とうき》、供託《きょうたく》、訴訟その他の法律事務の専門家として、国民の権利を擁護し、もつて自由かつ公正な社会の形成に寄与することを使命とする」者である（司法書士法第一条）。

具体的な業務は、司法書士法第三条で次のように定められている。


第三条（業務）　司法書士は、この法律の定めるところにより、他人の依頼を受けて、次に掲げる事務を行うことを業とする。
一　登記又は供託に関する手続について代理すること。
二　法務局又は地方法務局に提出し、又は提供する書類又は電磁的記録（略）を作成すること。ただし、同号に掲げる事務を除く。

三　法務局又は地方法務局の長に対する登記又は供託に関する審査請求の手続について代理すること。

四　裁判所若《も》しくは検察庁に提出する書類又は筆界《ひっかい》特定の手続（略）において法務局若しくは地方法務局に提出し若しくは提供する書類若しくは電磁的記録を作成すること。

五　前各号の事務について相談に応ずること。

六　簡易裁判所における次に掲げる手続について代理すること。（以下略）

イ　民事訴訟法（略）の規定による手続（以下略）

ロ　民事訴訟法（略）の規定による支払督促《しはらいとくそく》の手続（以下略）

（ハ、ニ略）

ホ　民事執行法（略）規定による少額訴訟債権執行《しっこう》の手続（以下略）

七　民事に関する紛争（略）

八　筆界特定の手続

（以下すべて略）

読みやすくなるように、できるだけ省略してみたがどうだろう。

ざっくり言えば司法書士の仕事は民事、つまり土地や登記に関する手続の書類を作ることで、さらには最近では「認定司法書士」という資格を得れば、簡易裁判所で扱う百四十万円までの民事訴訟なども担当することができる。

先ほど書いた、過払金訴訟もこの「認定司法書士」ならば請け負うことができる。認定司法書士になるのは、さほどむずかしいことではないが、司法書士が活躍する場はこれでかなり増えたと言えるだろう。

そんなこともあって、司法書士になりたいというニーズは大きい。もちろん少子高齢化もあって、受験者の絶対数は減っているが、司法書士の試験の場合、「何点取れれば自動的に合格」というのではなくて、受験者のうち上位の数パーセントだけが合格になるという仕組みだ。つまり、受験者が減ったからといって気を抜けるというわけではない試験なのだ。

たとえば二〇二二（令和四）年度の受験者数は一万二七二七人、合格者数は六六〇人。合格率は約五・二パーセント。二〇人に一人しか合格できないのだから狭き門である。

しかし、合格率が低いのはむしろ好都合だ。それだけ司法書士になる人間が少なければ、開業してもビジネスになる可能性は高いということだ。ライバルが少ないのだから当然だ。

では、その司法書士になる資格は俺にあるのか。

順序が逆になってしまったが、正解を先に言えば「なれる」である。

司法書士法にも「欠格事由」の規定がある。

第五条（欠格事由） 次に掲げる者は、司法書士となる資格を有しない。
一 禁錮以上の刑に処せられ、その執行を終わり、又は執行を受けることがなくなつてから三年を経過しない者
二 未成年者
三 破産手続開始の決定を受けて復権を得ない者
四 公務員であつて懲戒免職の処分を受け、その処分の日から三年を経過しない者
（以下略）

つまり「禁錮以上の刑」に処されていても、三年を経れば司法書士の資格を持てることになる。

「これならいける！」と俺は目標を定めた。

それに俺の経歴からすると、司法書士の業務向きだ。

もともと俺は若い頃からさまざまな会社を経営した。

その中で訴訟や借金の取り立てなどの仕事に関わっていたし、土地の取引なども手がけたことがある。

学校で法律を勉強する機会はなかったが、仕事として法律に触れていた。イギリスには「学問なき経験は、経験なき学問に勝る」ということわざがあるそうだが、俺はまさに実地経験を通じて、これまで法律を学んできたようなものだ。

また、竹垣会長の社会貢献に協力したいという思いもあった。

世間への「解衣推食《かいいすいしょく》」として

話の順序が逆になってしまったが、俺が親分として仕えていた義竜会の竹垣会長は、二〇〇五年、二代目古川組の盃《さかずき》を拒《こば》んで破門処分となり、カタギになった。それを機に俺も足を洗ったという話はすでに書いた。

俺はヤクザになったのではなくて、竹垣会長の子分になったという思いでずっといたので、足を洗うことに何の悔いもなかった。

実際、義竜会が古川組に移籍した頃から、俺は「会長秘書」の役職を与えられていたのだが、宅見事件が発端で、中野会が山口組から絶縁されて以降、ヤクザの世界に見切りを付けていたので、義竜会が古川組へ移籍したときから事務所にはまったくもって出入りすることはなくなっていた。

以来、俺は俺の道を歩むことになったので、カタギの竹垣会長に遠慮してずっとご無沙汰していたのだが、広島刑務所に収監される直前、最後の事件で勾留中に保釈されていたときに、久しぶりに会長に会いに行った。

そのとき、竹垣会長は俺に「これからは社会貢献をする」という思いを熱く語っていた。俺はヤクザをやめたとはいえ、相変わらず懲役を繰り返していたから、そのときは「社会貢献で食えていけるもんやろか?」と内心では思っていた。

もちろん、会長にはそんな俺の疑問は伝えなかったのだが、その後、竹垣会長は姫路でNPO法人「五仁會《ごじんかい》」を立ち上げ、ヤクザの更生や社会復帰を手助けする活動を行なったり、また姫路の小学校のスクールボランティアを買って出て、下校時の子どもたちの安全を守る活動をやっていたりしていることをマスコミを通じて知った。これを見て、「会長の思いは本物だった」と改めて頭の下がる思いだった。

そんなことがあったものだから、「司法書士になろう」と決意したときに、それは自分のためだけでなく、社会貢献にもなるような活動にもつなげたいと思ったのである。

人に恩を施すことを中国の故事熟語で「解衣推食《かいいすいしょく》」というそうだ。自分が着ている物を脱いで与えて、自分の食べ物を相手に勧めるという意味だ。俺はその解衣推食を実践しようと考えた。

本書を書いている時点では、まだ胸を張れるようなところには至っていないが、その思いは今でもつねにある。

実際に司法書士試験に合格するのは簡単なことではなく、結果的に足かけ八年の時間を要したが、その間、心が折れなかったのは、どこかで竹垣会長の社会活動を意識し続けたからだろうと思っている。

いったん決めたら、あとは脇目もふらずまっしぐらに——。

何事も「できる」と思えばできるし、「できない」と思えばできない。だから、「できる」と思うことにした。俺の頭の中は、どんな場面にあっても楽天的な思考なわけで。

俺の、足かけ八年にわたる受験勉強の日々が始まった。

まずは「民法」を丸暗記

司法書士試験の勉強を始めるにあたり、まずは友人に頼んで参考書や問題集をムショに差し入れてもらった。

ざっと読んでみて、これはおもしろそうだ、俺向きだと思った。

司法書士試験は筆記試験と口述試験の二部に分かれている。例年七月に筆記試験が行なわれ、それをパスした者が十月の口述試験を受ける。この口述試験も合格すれば、晴れて司法書士の資格を得ることができる。

まず、第一次の筆記試験だが、これは択一式（マークシート）の問題と記述式の問題の二部に分かれている。

さらに択一式の試験は出題範囲で午前と午後に分かれている。それぞれ百五点、合計二百十点となる。午前の試験は憲法／民法／商法／刑法という基本法が範囲で、午後は不動産登記法／商業登記法／民事訴訟法・民事執行法・民事保全法／供託法／司法書士法という実務的な法律が対象である。

そして午後の択一式が終わったら、記述式のテストがある。これは不動産登記法、商業登記法の書式を問う問題である。配点は七十点。

ここで重要なのは択一式で一定の成績を取っていないと、記述式のほうでいい点を取っても意味がないということだ（いちおうは記述式も採点してもらえるが、択一式で合格ラインを割っていたら一次試験はパスできない）。

だから、「自分は択一式は苦手だけど、文章を書くのは得意だから記述式でがんばろう」というわけにはいかない。かと言って、記述式もそれなりの配点がある。だから、結局、択一と記述のどっちもしっかりやるという、当たり前の結論になる。司法書士の試験は狭き門だと書いた理由がこれでお分かりだろう。

さて、この第一次試験が終わったら、十月の口述試験が待っている。「司法書士の業務を行うに必要な一般常識」を問うとして不動産登記法／商業登記法／司法書士法が試験範囲となる。だいたい一人あたり十五分くらいの質問タイムが待っている。人によっては口頭試験は緊張するだろうが、俺は度胸だけは自信があるので、それは心配ない。

司法書士の「三千時間」

さて、これで大づかみに試験範囲や試験の方法は分かったが、では実際にどうやって勉強をすればいいいか。

司法書士試験の学校などの案内を見ると、合格には最低三千時間は勉強しないといけないという。理想的な環境で一日十時間勉強すれば、一年で合格できるという計算になるが、一年で合格するというのは特別な才能の持ち主だろう。そもそも休まずに日に十時間、集中力を保ちつづけるというのは、どだい無理な話、絵に描いた餅である。

それに俺の場合、刑務所で勉強をするのだから、問題集や参考書をいつも手元に置いておけるというわけではない。

刑務所ごとで違うが、基本的に私物を置いておける分量には限りがある。何十冊にもなる参考書や問題集を並べるなんてとても無理である。自分の房に置ける私物の分量は決まっており、それを超えるものは領置《りょうち》といって刑務所に預けることになる。そしてこの領置も分量が決まっていて無制限に私物を溜め込むことはできない。

司法書士試験の勉強法として最も一般的なのは過去問をひたすら解くということなのだが、憲法／民法／商法／刑法／不動産登記法／商業登記法／民事訴訟法・民事執行法・民事保全法／供託法／司法書士法という各分野の問題集を一通り揃《そろ》えるだけでも十冊以上になる。過去問の問題集を数冊、入手して手元に置いていたが、さすがに獄中で全冊を並べるというわけにはいかなかった。

となると、今、俺ができるのは何だろう——そう考えたときに出た答えは「民法を丸暗記する」ということだった。丸暗記するというのは、司法書士試験対策としては無駄が多いかもしれない。しかし、この程度の丸暗記もできないようではしょせん、中卒の俺には受験する能力もないということになる。

だから、自分の覚悟を試すという意味でも、民法を覚えるということにぜひともチャレンジしようと考えた。丸暗記するには六法全書があればいいだけで、問題集を買ったり、参考書を用意したりしなくてもいい。刑務所の俺には好都合だ。

あとは勉強する時間を確保することだが、これは普通にやっていてはむずかしい。なぜなら懲役の場合は、平日は毎日、刑務作業が待っているからである。刑務所によって違うが、だいたい朝の七時四十分から午後四時二十分まで、昼飯をはさんで刑務作業をやらなくてはならない。刑務作業にはいろいろあるが、最後に入った広島刑務所では、ミシン工場で某有名ブランドのパジャマを縫っていた。

夕方四時二十分に仕事が終わるのは、シャバのサラリーマンよりも楽に見えるかもしれないが、しかし、刑務所では九時に就寝と決まっている。だから、「アフター・ファイブ」で自由になるのはせいぜい二時間半くらいである。これでは「最低三千時間」という合格ノルマを果たすことなど、しょせん無理である。

しかも、そのわずかな自由時間（「余暇」という）も集中できるわけではない。冒頭で書いたように日本の刑務所は定員オーバーで、基本は雑居房だから、他人がつねにそばにいるという状態だ。これでは落ち着いて勉強することなどむずかしい。

そこで俺はあえて作業場で問題を起こして、独居房に入ることを考えたというわけだ。

思い立ったときが戦闘開始のときだ

こういうときに「今は刑務所で勉強などできないから、仮釈放になってからやろう」とか考えているようでは一生、ゴールに到達することなど無理だ。

何においても「やろう」と決めたら躊躇《ちゅうちょ》なく、すぐに始める。思い立ったときが戦闘開始だ。それが成功するための第一条である。

といっても、刑務所はシャバと違って「やろう」と決めて、すぐに始められるほど甘い環境ではない。何かを犠牲にしなきゃならない。

そこで俺はあえて独居房入りという道を選んだわけだ。

独居房に入るのは簡単だ。要するに刑務所のルールを破ればいい。だから作業中に、看守に反抗的な態度を取ることにした。ちょっとしたことに腹を立てて、看守に八つ当たりして、つっかかるとか、工場の作業を拒否する。そうすれば、すぐに「懲罰！」ということになる。

懲罰を受ければ独居房行きだ。刑務作業はなくなる。精神集中を妨げる同房の人間もいない。朝七時すぎの朝食が済めば、あとは夜九時まで「たった一人の自由時間」である。

しかも、さぼろうと思っても、看守が見張りをしているから、疲れたと言って、畳の上に横になることもできないし、立ち上がってウロウロするわけにもいかない。用を足すのだって許可がないといけない。ちなみに便器も房内の片隅にある。高さ八十センチくらいのついたてがあるくらいなので、「トイレで一休み」もできない。

したがって、あぐらをかいて、ドアに向いて坐り、米粒で貼られた民法の条文とひたすら、にらめっこである。

もちろん、懲罰になれば、仮釈放の審査にも悪影響がある。面会や手紙も不可になるし、所内の運動会・カラオケ大会などのイベントにも参加できない。さらに「重大」なことにイベントで配られる菓子も食べられない。

修学旅行みたいなムショ暮らし

実は懲役が懲罰を嫌がるのには、この「菓子問題」が関係している。

意外かもしれないが、獄中《なか》では大の男たちが菓子に異常に執着する。

いくらカネがあっても、ムショでは出されたものしか食べられないし、昼間の服も決められた舎房着《しゃぼうぎ》しか着られない。

自由が極端に制限された世界なので、いい年こいたオヤジたちも房内では中学のようなノリだった。甘い物に飢えていたし、唯一のオシャレとして許されるメガネのフレームのデザインにこだわったり……刑務所よりはルールが甘い拘置所だと、さらにそれがエスカレートして、俺が入ったことがある大阪拘置所の七人部屋では、全身モンモンのオヤジたちが部屋の中をふざけ回っていたりして、「修学旅行か」と思ったくらいだった。当時流行ってたプッチモニの「ちょこっとLOVE」をみんなで歌ったりしたし、またその部屋ではなぜかキティちゃんが流行っていて、筆箱や靴下、パジャマをみんなキティちゃんで揃えたりしていた。外から見たらきっと気持ちワルいかもしれないが、拘置所やムショはそういう変な世界なのだ。

俺も早く出所できればうれしいし、運動会も楽しい。菓子も食べればうまいとは思う。だが、それよりも自分が考えた目標に突き進むことのほうが重要だと思った。「後でやる」言い訳はいくらでも考えつく。でも、それでも「今、ここで始める」ことが大事なのだ。

独居房の中で俺は、ひたすら条文を頭に詰め込んだ。刑務官に見つからないように小声でぶつぶつ言いながらひたすら覚えていった。

こうやって過ごすと独居房での四十五日はあっという間に過ぎる。

「お勤め」を果たして雑居房に戻ると、さっそく作業中に看守につっかかって、また独居房に送られる。

俺はこれを三回繰り返して、合計三シーズン、百三十五日間を独居房で過ごした。

本当はもっと独居房にいたかったのだが、さすがに「仏の顔も三度」ではないが、俺がわざと騒ぎを起こしているくらいは看守にも分かったらしく、それからは多少、騒いでも独居房に送られることはなくなった（独居房待ちをしていた仲間からは「順番を譲ってやるよ」と声をかけられたり、また、オヤジ〈刑務官〉からも「何とか早く独居房に行けるようにするから、この工場で頑張ってくれ」とも言われたくらいだったのだが）。

そんなある日、「仮釈放が認められそうだ」と刑務官から告げられた。

俺はもともと仮釈放を放棄するのと引き換えに好き勝手な刑務所暮らしを送っていたのだが、暴力団組織から脱退していることもあって、約三ヵ月も早く出所できることとなった。

同じ工場の受刑者たちは、何度も懲罰を受けて平然としているマイペースな俺のことを「あんたがカリシャク（仮釈放）をもらえるんやったら、ワシら全員もらえるわ」と冗談の種にしていた。だから俺が刑期を三ヵ月も残して仮釈放になったと聞いて、みんなとても驚いていた。

こうして俺は広島刑務所を出所した。二〇一一年の桜の咲く頃だった。

久しぶりのシャバの空気は新鮮で心地よかった。

生き方を更《あらた》める

この本を読んで「そんなに勉強が捗《はかど》るんだったら、俺も刑務所に入ろうか」と考える奴はいないだろう。

だが、念のために言うが、刑務所なんてのは入るところじゃない。受刑者に人権などない。

これが、短くない時間を獄中で過ごした俺の実感である。

最近は「シャバでは職がないから刑務所に入りたい」とか「死刑になりたい」という理由で事件を起こす例が目立つ。だが、それは確実に後悔する。どんなに貧乏をしても、自由があるだけ幸せというものだ。それに、役所は頼りにならなくても、今はさまざまなNPOがあって、職にあぶれたりした人間に住まう家を提供してくれている。まずはそっちに相談すべきだ。

刑務所を含めすべての刑事収容施設では、所持品の検査で全裸にされ、食事や入浴、医療など生きるために必要なことが極端に制限される。収容者同士のいじめもあるし、刑務官に嫌がらせをされることも珍しくない。

それに最近は刑務所の建て替えが進んでだいぶ楽になったようだが、基本的に夏は猛烈に暑くて、冬は死ぬほど寒い。

風呂だって夏は週に三回（土日祝は除く。それ以外の日はシャワーのみ）、冬は週に二回だけだ。ちなみに風呂は工場ごとに入るのがルールで、早く風呂が回ってくる日は刑務作業が早く終わるが、一番風呂に入れる日はほとんどなく、たくさんの男たちが入った後に入らされる。食事は与えられたものしか食べられず、どんなにカネを持っていても外から買ったり差し入れてもらったりすることはできない。

「犯罪者のくせに贅沢《ぜいたく》を言うな」と言われそうだが、本来、刑務所は更生のための施設だ。なのに今でも日本の刑務所は「犯罪者を懲らしめる」ことが更生だと考えているように思う。

しかし、鞭《むち》だけでは犯罪者は更生するどころか、「今度はもうちょっとうまくやって、捕まらないようにしよう」と思うだけである。実際、懲役生活にも慣れた俺なんかは、拘置所では自費で購入する食材を使って密造酒を造ったり、刑務所でも「なんちゃって」だがタバコらしきものを作って吸っていた始末。

更生というのは「生き方を更《あらた》める」ということだ。生き方を変えるのは本人だけができることであり、他人から言われて変えられるものではない。人生を変えたいという思いが本人の中になければ、何にもならない。

看守から「お前の生き方を変えろ」とお説教されて、「はい、おっしゃるとおりですね」と素直に思う人間はそんなにいない。むしろ「お前のような赤の他人から言われたくない」と反撥《はんぱつ》するだけだ。

法務省が毎年出している『犯罪白書』にも、その事実は現われている。最新の『犯罪白書』(二〇二一年)によると、二〇二〇年に刑法犯で検挙された者の中で再犯者が占める率は四九・一%と半数に迫り、過去最悪だ。

一方で、刑法犯の検挙者数そのものは減少傾向にある。要するに、初犯で捕まる人間は減っていても、再犯で捕まる人間は増えているということだろう。

その最大の理由は、やはり刑務所を出ても、この不景気ではまっとうな働き口がないからということだろう。おまけに日本は高齢化社会で、犯罪者も高齢化している。刑務所の中で何年も過ごせば、その分だけ高齢者にとっては働き口が減る。

俺が収監されていた時代は、仮出所をすることなく、満期で出所するのはヤクザや懲罰を繰り返した素行不良者だけであった。仮釈放の望みがある者たちは、一日でも早く出たいと思っていたものだが、今は出所しても冷たい世間の風が待っているだけだから、仮釈放なんて勘弁してほしいと思う奴が増えてきたとしても不思議はない。

ムショで寒さに震える

もう四半世紀も前のことだから記憶も曖昧だが、俺の「刑務所デビュー」は、ヤクザになったばかりの二十二歳か二十三歳、一九九四年の頃である。初犯だったが実刑判決を受け、佐賀少年刑務所に収監されたのである。このときは岡山市内のスナックで暴れ、罪状としては器物損壊と傷害だったのだが、普通なら初犯は執行猶予だ。覚えてはいないが、その前にすでに執行猶予を受けていたのかもしれない。

第1章でもふれたが、少年院は「更生」がタテマエなので非常に生活指導が厳しいのだが、シヨウケイ（少年刑務所）の厳しさもなかなかのものだった。もちろん、厳しくされたからといって更生するかというと、それは別の話だ。そのいい例が、俺だ。

ちなみに、少年刑務所は「少年」と名はついているが、未成年者だけが収容されているというわけではない。法務省では二十六歳までは少年刑務所に収容できるとされていて、二十歳過ぎの俺が佐賀少年刑務所に入れられたのも、まさにその実例だ。

だが、実際には刑務所のキャパシティが足りなくてそれ以上の年齢でも少年刑務所に入れられている例も多いようだ。二〇一八年二月には八十代の懲役が、俺のいた佐賀少刑で亡くなったことが公表され、話題になった。

なぜ、これが明らかになったかというと、その受刑者が所内でけいれんを起こして搬送先の病院で死んだからだ。もし、これが自然死だったとしたら、そんな高齢者が少年刑務所にいるとは表に出なかっただろう。

ちなみにその直後（同年五月）の佐賀新聞によれば「受刑者の定員は五百七十八人で、二〇一七年の平均収容人員は三百五十八人で減少傾向が続いている。二〇一七年現在、六十歳以上の受刑者は二十九人、一方、二十歳未満の少年受刑者は一人のみ」（要約）だったという。いわゆる「少年」が一人しかいなかったのだ。

刑務所の「老老介護」

高齢化が進んでいるのは少年院だけではない。長期刑の受刑者が多いところには、収容者が老人ばかりで、元気な年寄りが病気の年寄りを介護するのが主たる「刑務作業」になっているという。老老介護は刑務所内でも珍しくない。

さて、俺自身のことに話を戻せば、刑務所といえば「寒い」という印象が強烈に脳裏《のうり》に焼き付いている。

最初に佐賀少年刑務所に入れられる前、刑が確定するまでの三ヵ月あまりを過ごした岡山刑務所内の拘置施設もとにかく寒かった。

よく知られていないが、裁判で刑が確定するまでの時期に入れられるのは、拘置所と言って刑務所とは別の施設である。拘置所にいる間は「推定無罪」の原則に従って、収容者は「善良なる市民」という扱いを受けることになっている。

いわゆる囚人ではないから、自分で好きなものを拘置所内の売店で買って食べることもできるし、手紙などのやりとりも自由に行なえる（刑務所だと、更生レベルによって手紙を書いていいのは「月に何回まで」という制限がある）。もちろん「作業」なんていうのもない。

だが「推定無罪」だからと言って、日本の拘置所は諸外国に比べて制限が多い。電話なんてかけられないし、テレビが房の中にあるわけでもない。夜中まで起きていていいというものでもない。

さらに加えて二〇〇七年まで、日本では未決囚も既決囚も同じ「監獄法」によって扱いが定まっていた。この「監獄法」はその名からも分かるように戦前から続く法律で、なんと施行されたのは明治四十一年、一九〇八年という時代錯誤のものだった。つまり百年経ってようやく改正されたわけだ。

俺が佐賀少年刑務所に入れられたのはもちろんこの監獄法の時代だから、拘置所も人権など「あってなきがごとく」の状態だった。

洗濯は各自が運動の時間に行なうのだが、洗濯機があるわけではない。舎房の外にある水道で洗濯石鹸《せっけん》を使っての手洗いである。牟佐《むさ》（岡山拘置所の所在地）の冬は厳しく、水道管が凍って水が出ない日もあった。なんとか水が出たとしても、その尋常でないまでの冷たい水で洗わなくてはならない。収容者の中には、しもやけやあかぎれで両手のひらから血を流している者もいたが、そんな状態でも自分のものは自分で洗わされるのだ。

とてももうすぐ二十一世紀になる日本の話とは思えなかった。

岡山刑務所が特に酷《ひど》いということでもなく、どこの施設も似たようなものだった。もちろん現在は各施設に洗濯工場があり、洗濯は懲役の刑務作業の一つで、収容者の洗濯物を預かって工場内の洗濯機で洗濯して乾燥させるのだ。

最悪の「ムショ飯」

また、牟佐は食事も最悪だった。

俺は佐賀少年刑務所、佐世保刑務所、神戸刑務所、広島刑務所での懲役を経験しているが、各施設にはだいたい「名物」があった。前に書いたように神戸刑務所は「筑前煮」がうまいと評判だったし、カレーライスはどこの施設でも人気があった。

全体的に施設の食事は「収容者の健康への配慮」を口実に塩分は控えめなのだが、牟佐は「控えめ」にもほどがあったし、米も古米《こまい》どころか「古々米」というレベルで、炊いた飯が大きなダマになっていて、ベトベトだった。副食もこれまたマズい。

なぜ岡山刑務所がこんなに酷《ひど》い飯であったかというと、そこに収容されている人間との関係があると思う。

と言っても、岡山刑務所に入っているのが特別凶悪だから、懲らしめるために酷い飯になっているというわけではない。

たしかに岡山刑務所は殺人などの重罪を犯した、長期受刑者が収容されているが、それよりポイントなのはこの刑務所は初犯を受け入れる施設であるということだ。つまり、他の刑務所の飯を知らない連中だから、とても食えたものではない飯を出しても「刑務所だからこんなものなのだろう」と納得する。刑務所の側はそこにつけ込んで古々米を出したり、極端な塩分節約をするのだろう。普通の累犯刑務所だったら、暴動が起きても不思議のないレベルだ。

さらに長期受刑者たちは一日でも早い仮釈放を望むから、不満を持っていてもぐっと堪《た》えて刑務所に文句を言わない。ましてや暴動を起こしたりもしない。この状況は今でも変わっていないと思う。

ちなみに全国の刑務所は、受刑者のタイプによって「処遇指標」で分類されている。

岡山刑務所はLA級だ。Lとは「ロング Long」、つまり刑期が十年以上のこと。Aは犯罪傾向の進んでいない者（初犯者）で、つまりLA級は「長期で、初犯の受刑者」を受け入れる刑

務所ということになる。ＬＡ級の刑務所は山形や長野、大分がそうである。これらの施設には
Ｆ級、つまり外国人（Foreigner《フォーリナー》）も入れられている。
ちなみに再犯はＢで、ＬＢとは刑期十年以上で、再犯者を受け入れる刑務所。これは前にも紹介した徳島刑務所が当てはまるが、他に旭川《あさひかわ》や宮城、府中（東京）、大阪、高松、熊本がある。
この他、女子刑務所はＷ（Woman《ウーマン》）級、身体上の疾患や障害を有する者を収容する刑務所はＰ（Physical《フィジカル》）級という具合に呼ばれている。

刑務官による暴行も

話を戻せば、牟佐で約三ヵ月を過ごし、刑が確定した俺は佐賀少年刑務所へ移送された。岡山から新幹線の旅である。

現在も同じだが、懲役の遠方への移送は公共機関を使い、手錠に腰縄《こしなわ》姿。駅や空港で居合わせた人たちにジロジロ見られ、恥ずかしいものである。

しかも当時の佐賀少刑は、刑務官による人権軽視や暴行などは目に余るものがあった。「ヒラキ」という男が首席矯正処遇官だったと記憶している。

少しでも刑務官に反抗したりすれば、一人の受刑者を五～六人で取り囲んで、殴る蹴るの「制

裁」を加える。

「担当抗弁」というやつだ。

担当抗弁とは、刑務官に対して口答えをすることであり、懲罰の対象となる。質問しただけで制裁を加えてくるような奴もいる。

刑務官らは安全靴のような爪先に鉄を仕込んだ靴を履いており、この靴で懲役を何度も蹴り上げるのである。

ハタチそこその俺は驚いた。

ヤクザよりも酷いんじゃないか……。

今でこそ多少は改善したとはいえ、刑務所とは更生や社会復帰支援のための施設ではなく、ただ懲役に罰を与えて苦しめることを目的としていたと言っても過言ではない。当時は、どこのムショもこのようなものであり、特別に佐賀少刑が酷かったわけではないはずだが、俺も他を知らなかったのだ。

また、少年院や少年刑務所は、成人の累犯刑務所よりも特に処遇が厳しいといわれる。二度と戻って来ないように徹底的にしつける……というのはタテマエで、底意地の悪いシゴキが横行していた。

また、ムショでは年齢に関係なく一日でも早く入所した者が「先輩」であり、絶対服従するという不文律《ふぶんりつ》がある。これは初犯者の刑務所だからだろう。

そんなことを知らない俺は、入所早々トラブルに巻き込まれた。

といっても最初に手を出したのは俺で、工場の配役初日に威張りくさった古株の受刑者の頭をヘルメットで殴りつけたのだ。このことで、工場のほぼ全員を敵に回すこととなってしまった。そこは墓石を作る工場で、二十四、五人ほどの受刑者がいたと思う。シカトされ、刑務官の目を盗んでは嫌がらせを受ける日々が始まった。

ただし、その中に一人だけ俺のことを「兄貴」と慕ってくれる、濱崎誠という三歳年上の受刑者がおり、休憩時間など一人ぼっちで過ごさなくてもよかった。これは唯一の救いであった。

俺は、「こんなヤツらに絶対に頭は下げない！　負けない！」と、あくまでも強気で意地を通したが、たった一人で二十数名に対峙《たいじ》するのは精神的にかなりキツかった。若かったので乗り切れたのだと思う。

ところがしばらくすると、岡山の悪ガキ仲間が三人も同じ工場に配役されてきて、一気に優勢になった。いずれも喧嘩なら誰にも負けない猛者《もさ》である。これまでは多勢に無勢で苦労したが、四人いれば何とでもなる。

「なんや、口ほどにもないのう……」

なんと、俺たちがどつき回したりするまでもなく「古株」の中でもリーダー格の悪党は刑務官に泣きついて別の工場に移り、他の連中は何事もなかったかのようにすり寄ってきた。

これが初めて服役した佐賀少年刑務所での体験である。

ちなみに佐賀少年刑務所では二〇二一年十二月、刑務官が同僚に暴行を加えて十日間のけがを負わせ、罰金十万円の略式命令を受けたと報道されている。懲役に対してだけでなく、同僚にも暴力をふるっていたのだ。佐賀少刑の体質は俺がいた頃と少しも変わっていないということなのかもしれない。

法的根拠なき「規則」

佐賀少刑を出所してから、俺は再びムショに舞い戻ることになる。最初の頃よりも刑事収容施設の処遇も改善され、慣れもあってムショ暮らしも楽なものになっていった。こういうのを「住めば都《みやこ》」と言うのかもしれない。

明治時代の監獄法が改正されるきっかけとなったのは、名古屋刑務所での受刑者に対する暴行であった。

二〇〇二年十月、名古屋刑務所が所内で死亡事件や傷害事件が多数起きていたと公表したのである。

特に、二〇〇一年十二月に当時の副看守長らが受刑者（当時四十三歳）の肛門《こうもん》に消防用ホースで放水し、直腸などに裂傷を負わせ、細菌性ショックで死亡させた事件は世間を戦慄《せんりつ》させた。刑務官らは執行猶予付きの有罪判決を受けている。

この事件は、当時は公表されておらず、さらに翌二〇〇二年には看守らが革手錠付きベルトで受刑者の腹部を締め上げ、内臓破裂で二人を死傷させている。これらの事件が報道されたことにより、刑務所の隠蔽体質や受刑者に対する人権軽視が批判されていく。

その後も全国の施設で多くの事件が報道されたが、二〇〇七年十一月には、徳島刑務所で医療への不満から受刑者が大規模な暴動を起こす事態が発生している。

所内の医療担当トップの医務課長が「診察」と称して受刑者の肛門に指を突っ込んだり、腰痛を訴える受刑者に絶食を指示したりするなどの診察とは程遠い虐待行為を続けていたのだ。

ここまで酷くなくとも、どこの施設でも刑務官の暴力は日常的だった。丸腰の受刑者らに暴行や傷害を加える刑務官らに更生を説く資格などない。刑務官が犯罪者なんてシャレにもならない話だ。

監獄法の大改正を受け、俺は「過ごしやすい刑務所の実現」を考えるようになった。もちろん武器にするのは暴力ではなく、法律である。

たとえば意味があると思えない命令には、刑務官に「法的根拠を示せ！」と抗議するのである。施設内を移動するときには、大きな声で「イチニ、イチニ」と言いながら肘を真っすぐに伸ばし、膝を高く上げて行進しなければならないが、何の意味があるのか。

俺は、刑務官が何を言おうと、この行進は拒絶していた。なぜなら法律には「刑務所内では行進をしなければならない」などという規定はない。法的な規定がない以上、俺が拒否をしても処罰する根拠もないということだ。

「行進を強制するなら、法律上の根拠を示せ！」

俺がこう言うと、刑務官ももう面倒くさいのか「勝手にしろ」という感じだった。

刑務官もしょせんは役人、サラリーマンである。もしも俺が本当に訴えてきたら、刑務官だけでなく、その上司、上司の上司……にも累が及ぶ。そんなことになれば、刑務官の出世にも響くのだから、俺に強く出られるわけがない。

「オヤジ」の顔を立てる

また、広島刑務所に収監されたときは、『エジソン』という小学生向きの図書と原稿用紙を渡された。あの発明王エジソンの伝記である。

「これを読んで感想文を書くように」

「はぁ？」

俺は小学生か！　いいトシをしてなぜ「偉人伝」の感想文を書かなきゃならねぇんだ。

俺は苛立ちを隠せず、原稿用紙に自分の称呼番号と名前だけを書いて二つ折りにして、本とともに丁重に突き返した。

刑務官は「何でもいいから何か感想を書いてくれ」と言うので、「特になし」と書いて再び突き返した。

刑務官はシブい顔で何も言わずに立ち去ったが、それが俺の正直な感想だからしかたない。

このように、おかしいと思うことには徹底的に意地を通した。もちろん刑務官とはたびたび対立したが、そこに後悔や反省はない。

その後も意地だけは通し続け、立て続けに懲罰を繰り返した甲斐《かい》（？）もあってか、入所時とは変わって楽な刑務所生活を送れるようになった。

こうやって振り返ってみると、やはり俺は法律を武器に仕事をする素質が元々あったのだ。司法書士になったのも運命だなと思う。

だが、俺が誰彼《だれかれ》かまわず刑務官に喧嘩を売っていたかというと、そういうわけでもない。

刑務所には複数の工場があり、それぞれ受刑者の適性に合わせて工場に配役される。この配役の根拠が合理的とは思えないが、一番大事なのは、その工場の「担当刑務官《オヤジ》」のメンツを潰さないこと」である。

他の刑務官とは、「懲罰上等」で対立してもいがみ合ってもいいが、毎日、作業で顔を合わせる「オヤジ」の顔だけはちゃんと立てること――ここがポイントだ。

刑務官も人の子である。「特別な存在」と思われれば、嫌な気はしないだろう。

「この懲役は文句を言うが、最後は俺のメンツだけは立てる奴だ」とか、「俺の指示だけは聞く」などとオヤジに思わせる。そういうふうに思わせれば、オヤジだって悪い気はしない。

神戸刑務所のオヤジからは「担当イジメの甲村」などとからかわれもしたが、俺は担当刑務官のメンツだけは潰さないようにした。そうすれば少々のことはにぎって（もみ消して）くれるのだ。

これだけ押さえておけば、もう刑務所生活は楽なものである。罪に対する「反省」や「後悔」などという言葉を思い浮かべることすらなかった。

そもそも俺の服役の理由は、いずれも「刑務所行き」という結果は分かっていながら自分の意地を通しただけのことである。

通算約十年、四回のムショ暮らしはそのように過ごしていた。

規則ずくめの生活

ムショの一日は、ほぼ分刻みである。

施設や季節にもよるが、朝は六時か六時半頃に起床、布団を上げてざっと清掃をして洗面歯磨きを終えて点呼を受ける。動きがままならない高齢者などは、刑務官が各舎房を回ってくるのを正座して待つ。

その後に朝食を十五分ほどで済ませて工場へ向かう。食事は各房に運ばれてくる。麦の入った古米の飯と佃煮《つくだに》などの質素なおかず、味噌汁《みそしる》程度である。

刑務作業には、「工場」での作業のほか、調理や配膳などを行なう「炊場」の仕事や、差し入れられる書籍や雑誌の整理をする「図書」の仕事などもある。調理は包丁を使い、図書の整理はアタマを使うので、これらの刑務作業に携わる者はエリートとみなされている。

工場の場合は、昼食をはさんで午後四時半まで作業を続ける。施設にもよるが、昼食だけは舎房ではなく食堂で食べることが多い。また、作業時間の間に交代で週に三回、入浴または運動の時間がある。

俺は、広島刑務所ではミシン工場に配役された。ミシンなどさわったこともなかったのに「適性」テストで判断されたのだ。この判断基準がまったく分からないし、出所後の役にも立たないしで、納得できなかった。

　工場では主に有名ブランドのパジャマを縫わされたが、真面目に作業することはほぼなかったように思う。作業時間中は、隣席の仲のいい受刑者と雑談したり、堂々と離席して別の受刑者の席に行ったり、やりたい放題である。

　もちろん刑務作業中は、他の受刑者と勝手に話したり、脇見をしたりしただけでも本来は懲罰の対象だ。

　作業に関して他の受刑者と話す必要があるときは、いちいち挙手をして、

「〇〇の作業のことで△△さんと話します」

「よし！」

などとオヤジの許可を受けなければならない。作業中にトイレに行くときや、作業台から落ちた物を拾うときも同様である。いちいち挙手をして許可を得るのだ。

　作業中に俺が話しかけた受刑者たちは、懲罰を恐れて内心ビクビクしていただろうが、俺はすでにオヤジの心中を握っていたので、好き勝手な振る舞いにも知らん顔であった。それどころか、オヤジも一緒になって立ち話をする始末である。もちろん他の受刑者らのほとんどは真面目に作業していた。

そして、午後四時半頃に作業が終了すると夕食の時間で、あとは就寝時刻の九時まではまあまあゆったりと過ごせた。

昼食と夕食は朝食ほどあわただしくはなく、夕食後はテレビを見ることもできた。

ちなみに俺は見なかったが、テレビはバラエティ番組や旅番組のほか、民放各社がやっているドキュメンタリー風の『警察24時』シリーズは人気があった。自分たちは警察にパクられてここにいるのに、なぜか見て盛り上がっていたのである。おかしな話であるが、これはどこの刑務所でも同じ傾向だという。

懲役の定番「アルフォート」

獄中でも真面目にやれば作業報奨金の額や面会、手紙の発信の回数も増えるのだが、俺の場合、最後のミシン工場配役後は懲罰こそ受けなかったが、作業報奨金は上がらなかった。

作業報奨金は賃金のようなもので、出所後の生活などに必要な金銭を持たせるための一応のシステムではある。

時給にすれば百円にも満たないのだが、それでも真面目にやっていれば少しずつ額がアップする。最初の月にもらえる報奨金の額は当時で月額七五〇円、最初の月から出所直前の最終の月まで、月額約七五〇円のままであった。もはや「安い」というレベルではないが、刑務官の給料と衣食住費を差し引かれているのだから、しかたない。

そんな生活での懲役たちの楽しみは、著名人の慰問や運動会、花見、カラオケ大会などの行事である。苦役でしかない刑務作業をしなくともよく、菓子や缶コーヒーなども配られる。余談だが、めったにありつけない缶コーヒーを飲むと、興奮して夜眠れなくなる懲役が続出する。俺はそれほどでもなかったが、やはりコーヒーは刺激物なのだと実感する。

おもしろいことに、シャバでは甘いものが好きでなくても、獄中では無性に欲しくなる。俺が収監されていた当時は、どこの刑務所でもブルボンの「アルフォート」が定番だった。花輪《はなわ》和一《かずいち》原作の漫画『刑務所の中』の映画版にも「アルフォート」とコーラが登場していた。

食事や楽しみを極端に制限するのは、もちろん懲役をコントロールするためである。懲罰を受けていると、イベントなどに参加できず、面会者が来ても会えない。それが嫌なら刑務官に従え、ということなのだ。

もっとも俺が務めていた施設には、慰問に来た有名人は演歌歌手の島津《しまづ》ゆたかくらいだった。関東などは八代《やしろ》亜紀《あき》や大月《おおつき》みやこなどが来るようだが、そんな大物は見たことはない。

それに、俺はそういう子《こ》ども騙《だま》しのご褒美的なものには興味はなく、真面目に刑務作業を務める理由が何一つなかった。それも良《よ》し悪《あ》しで、真面目な受刑者の反感を買うことにもなってしまったが、俺は気にしなかった。

そんな俺が獄中で辛かったのは、どうにもならない真夏の暑さと、真冬の寒さだった。これに尽きる。他の受刑者もそうだと思う。

特に真夏の刑務所は暑くてイライラしているからか、ことのほか喧嘩が多かったように思う。また、雑居ではイビキがうるさいなど些細《ささい》なことが原因で喧嘩になることも多々あった。

懲役という「自由に対する制限」への苛立ちは、慣れと諦めで麻痺《まひ》するものだ。「臆《おく》することはない。自由は一日ずつ確実に近づいている。それまで辛抱すればいい」。俺はそう思って獄中生活をやり過ごしてきた。

俺の自由過ぎる刑務所生活に親身になってくれて、世話を焼かせてしまった神戸刑務所の中作刑務官、広島刑務所の東原刑務官には今でも感謝している。

この場を借りて御礼を申し上げたい。

刑務所の存在意義

ここまでの記述と少し重なる点があるが、ここで刑務所の役割とは何かということを考えてみたい。

俺は、収監されるたびに、その目的や役割、存在意義について考えていた。

たしかに「罪を犯せば自由を奪われて投獄される」ということには、一定の犯罪抑制効果はあるだろうが、「刑務所の最大の使命と目的は、受刑者の更生と社会復帰の支援である」というのは今や国際的な常識だ。

日弁連（日本弁護士連合会）は、公式サイトで刑罰の目的について、次のようにまとめている。


裁判所は、被告人が有罪だと判断したとき、どういう目的で刑罰を科すのでしょうか。

もちろん、犯罪に対しては刑罰が言い渡されることを広く社会に知らせて、犯罪を予防するという意味も重要ですが、ほかにも「刑罰の目的」についての考え方があります。その一つは、その人が再び罪を犯すことのないように教育する目的（教育刑の考え方）、もう一つは、罪に対して報復をする目的（応報刑《おうほうけい》の考え方）を重視する立場です。

皆さんは、「目には目を、歯には歯を」という、古代バビロニアのハムラビ法典の言葉を聞いたことがありますか。応報刑の意味は、この言葉に代表されます。犯罪に対しては、その責任に見合った苦痛を与えるという考え方です。しかし、それだけでは、罪を犯した人の改善・更生をかえって妨げることになりかねません。

例えば、長期間、刑務所に収容し社会から隔離してしまうと、社会性を失い、刑務所を出た後、社会で自活していく能力が失われてしまい、長く服役させれば生まれ変われる、すなわち、再び犯罪を犯さないようにできるとは限りません。逆に、服役期間が短いと、再犯防止の教育には時間がたりず、かえって「ムショ帰り」のレッテルだけが残り、社会復帰の妨げとなることもあるので、むしろ、短期間の実刑よりは執行猶予（猶予期間内に他の刑事事件により再び有罪判決を受けない限り、刑務所で服役しないですむこと）として社会内で生活しながら更生させた方が、再犯防止の効果が高いという指摘もあります。

罪を犯した人もいずれ社会に復帰するのなら、「応報」よりもむしろ、その人が二度と罪を犯すことのないように教育することがより重要ではないでしょうか。

この日弁連の指摘のとおり、刑務所とは受刑者全員の社会生活適応能力を育成するための施設であるべきだ。

懲役の目的とは、刑務所内で強制労働させることで、再犯防止・生活習慣改善・職業訓練などのほか、受刑者が社会復帰後に就職できるようにするための技能習得のためでもある。「懲役」の「懲」は「懲らしめる」という意味だが、法律の精神からすると、懲役は「懲らしめるためのもの」ではないのだ。

なぜ刑務所では更生できないのか

だが、実際の刑務所を経験すると、とても社会復帰のための施設にはなっていない。それにはいろんな理由があるが、最も大きなことはそもそも「人間扱い」されていないということだろう。頭ごなしに「お前らは犯罪者なんだ」「社会の害悪だ」という感じで扱われたら、更生する気もなくなってしまう。

さらに「朱に交われば赤くなる」という側面もある。

刑務所に移送されると、心身の健康に問題がなければ通常は七、八人程度の雑居房に放り込まれる。

雑居房にはさまざまな受刑者が共存する。同じ房には暴力事犯のほか、窃盗、覚醒剤、破廉恥罪などをやらかしている者がいる。もちろん現役の「暴力団員」も同居する。

性犯罪者などがいじめられることもあるが、「ルームメイト」として毎日顔を合わせ、二十四時間一緒に生活するので、たいていは仲よくなり、「出所したら兄弟の盃《さかずき》を交わそう」などという話にもなる。

とはいえ「出所したら盃を交わそう」という約束はムショだけの話であり、出所すれば他人になるのがほとんどではある。本当に兄弟分になりたい者たちは、獄中《なか》で刑務官の目を盗んで、こっそり盃事《さかずきごと》のマネゴトをするのである。

そして、獄中で話すことといえば、犯罪に関する知識の披露か自慢話である。

「アホやなあ。そんなときは、○○するんや」

「なるほどー」

「次はうまいことやれよ」

「分かりました」

九十九パーセントの受刑者は、「二度と罪を犯さない」ではなく「二度とヘタをうたない」「パクられずにうまくやる」と考える。みんなで情報交換することで犯罪に関する知識は深まり、結果として犯罪傾向が進むのである。

獄中という極限の環境なので、おのずと受刑者たちの間に相互扶助《たすけあい》的な意識も生まれる。まさに「犯罪者同士の結託《けったく》」である。そこには反省や更生などというものはまったく存在しない。

たとえば二〇〇二年に発生した連続殺人事件は、警察庁広域重要指定一二四号事件に指定されているが、二人の犯人は宮城刑務所に服役中に知り合っている。獄中で強盗殺人の具体的な計画を練っていたという。

普通は獄中での縁など出所すれば終わりだが、窃盗や覚醒剤事犯は獄中での縁をわりと大事にしている。つまり更生を促すための刑務所が「犯罪養成所」となっているのだ。

この強盗殺人犯の二人も、ムショで打ち合わせたとおりに、カネを取ったあとに殺して放火することを実行したのである。

彼らはＭ社長宅殺人放火事件（二名殺害）、歯科医師強盗殺人事件（一名殺害）、金券ショップ経営者妻殺害事件（一名殺害）という三件の罪で起訴され、ともに死刑の判決が下りている。

これは極端な例だが、懲役で心を入れ替える者はまずいないということであり、むしろ刑務所に入ったことで、ますます犯罪を重ねてしまうことになるということでもある。

出所者に対する冷たい風

この悪循環をただちに断ち切ることはできない。自ら更生しようと信念を持って努力しなくてはならないが、これはなかなかむずかしい。

そもそも出所者に対する社会の目が厳しいのだ。がんばろうと思っても、前科者と知れれば就職もできない。働けなければ生活できないし、悪い誘惑はいくらでもある。これではムショに逆戻りである。

再犯を防止するには、社会が出所者の過去を受け入れることである。出所者の自立更生支援を続ける団体には、日本財団の「職親プロジェクト」やNPO法人マザーハウスなどいくつもあるが、しかし、こうしたNPOの努力があっても最終的に社会の側が変わらないとどうにもならない。

ちなみに日本財団の「職親プロジェクト」は、企業の経営者らが出所者の「親」のように就労や教育、住居、仲間づくりなどの支援を行なう活動であるが、せっかく就職できても続かない者も多いという。

「甘え」と言われてもしかたないが、主に生育環境のせいで真面目に勉強や就労をする精神力がないこともあって、すんなり仕事が続かない。

だが、もしも社会のほうが出所者に対して寛容であれば、話は違ってくるだろう。いくら志《こころざし》のある経営者がいても、それだけではダメなのである。

俺の友人の一人は、覚醒剤をやめてもう何年も経つが、たまに手を出してしまいたくなることがあるという。

「そんなときは、自分のことを信じてくれている友人の顔を思い浮かべる。『裏切っちゃダメだ』と思うと、覚醒剤への気持ちが消えるんだ」

そう思える人間関係を作れれば、再犯を防げるのかもしれない。

更生できるかどうかは本人の気持ちもさることながら、出所後に人間関係を築けるかということにもかかっているのだ。「社会」というと抽象的なものに思えるかもしれないが、それは要するに人間関係、友人関係のことなのだ。

俺はクスリをやらないし、もうストリートファイトをやる年齢でもないが、やはりクライアントや事務所のスタッフに迷惑をかけられないと思うことで、いろいろ抑制は利《き》いている。付け加えれば、窃盗や覚醒剤の事犯に関しては各自の「癖」や「習性」、「習慣」などに応じた更生プログラムが必要だが、現在のプログラムは画一的で、有効に機能していないのが実情だ。

世間が「ムショ帰り」など受け入れたくない気持ちは分かるが、出所者が自身の過去を隠そうとすれば、嘘《うそ》を言うことになる。一度でも嘘を言えば、嘘に嘘を積み重ねていくことになる。そうして人間関係や信頼関係が破綻《はたん》し、再び行き場を失い、犯罪が繰り返される。

輸入車販売業者からのドタキャン

これまで「元ヤクザ」で「前科者」の俺が生活していくうえで特に困ったことがなかったのは、俺なりにがんばってきたから……と自負していたのだが、やはりトラブルは起こるものである。

「残念ですが、お客様にはお売りできなくなりました」

二〇二二年六月十八日のこと。自動車の買い替えで都内の輸入車販売業者の店舗を訪れていた俺は、いきなり担当者からこう告げられた。

事前に見積もりなどを電話とファクスでやりとりし、この日は現車の確認と支払総額、引渡方法などの打ち合わせのために東京に来ていたのだ。

俺は耳を疑った。

「ん？　なんで？」

「その点につきましては、プライバシーや個人情報の関係で……」

俺はピンときた。

「俺が『元《もと》（暴力団員）』やからか？」

「大変申し上げにくいのですが……実はその通りで……」

「なるほどね……」

インターネットで俺のことを調べたら、「元山口組」という「ご経歴」がヒットしたのだろう。山口組は十五年以上も前にやめているし、今は法律家の看板を掲げているのに、「元暴力団員」には売れないという。

「分かりました、そしたらもういいですわ」

俺はすぐに店を出た。

他の業者を当たればいいことだ……。そうは思ってみたものの、やはり納得できない。時間が経つにつれて怒りが募ってきた。

もちろん、やめたところで「元暴力団員」というレッテルは一生ついて回ることは分かっているし、そのことについては後悔していない。

だが、法律家になることで、社会の信用は得たつもりであったし、今までこのような仕打ちを受けたことはない。

「なるほど再犯が増えるわけや……」

帰路につく車内、俺は一人つぶやいた。

消えない烙印《らくいん》

テレビや新聞の報道で、元暴力団員や元受刑者の「更生支援」に関する記事を見ない日はないといってもいい。多くのメディアが更生支援の難しさや、反対に「成功事例」を紹介している。

もちろん更生は簡単なことではないが、俺の周囲では、更生している元ヤクザや元懲役、元覚醒剤中毒者は少なくない。社会の冷たい視線を百パーセント消せるわけではないが、それなりにがんばっている。俺もその一人のつもりだった。

それなのにクルマすら買えないとは、どういうことなのか。こんなことは半世紀の人生で一度もなかった。この怒りと悔しさは当分消えそうにない。

こうしたことが、「元不良」たちの更生を妨げているのか……。

今さらにしてそう思った。俺のように司法書士の事務所を運営していても、クルマを売ってもらえないなら、元不良たちはもっとつらい思いをしているだろう。

こんな状況では、再びムショに戻ることしか考えないのは当然だ。

西日本新聞が、組織脱退から十年を経た「元組員」が銀行口座の開設を金融機関から断われた事例を報じている（組抜け確認 銀行「限界」元組員口座敬遠 更生へ弁護士が支援開始——西日本新聞二〇一九年九月十一日）。

報道によると、この「元組員」は刑務所で服役中に暴力団から足を洗い、出所後、福祉関係の会社で働き始めた。離脱後、十年経って銀行に口座を作ろうとしたら、銀行員から、

「お客さまの口座は作れません。この部分に該当してないでしょうか」

と訊《たず》ねられたという。「この部分」というのは反社会的勢力でないかを確認する項目である。

口座を作ろうと思ったのは勤め先の会社から給与を振り込むために、この銀行での口座開設

を指定されたからである。

結局、この人の場合は勤め先に連絡して、会社から銀行に改めて依頼をして口座を作ったというが、十年も経っていながら、まだ「元暴力団員」という属性《ステイタス》が消えないのである。

元暴力団員は携帯電話も持てない

前に司法書士試験の受験資格について書いたが、そこで「刑の消滅」という話をしたのを覚えているだろうか。

日本の刑法ではどんな罪を犯しても、裁判で刑の執行が終わってから十年経てば、刑があったことが消滅するとされている。法律上、前科があったらなれないとされる弁護士であっても、十年経てばなれるのである。

これに対して、「暴力団員だった」ということは、それ自体、罪でも何でもない。暴力団員だから刑務所に放り込まれるのではなくて、何かの罪を犯していなければ懲役にはならない。当たり前のことである。

ところが、この日本では暴力団員だったという過去がどこまでもついて回る。刑務所を出所して十年経てば、どんな罪も消えるのに、である。まるで、それはイレズミのようなものだ（いや、今どきはイレズミだってレーザーで消せる)。

しかも、多くの自治体の「暴排条例」(暴力団排除条例)では「反社の五年ルール」というのを定めている。つまり「暴力団員又は暴力団員でなくなった日から五年を経過しない者」を暴排条例の対象とすると決められている。言い換えれば、五年経てば「反社」ではないということだ。先ほど紹介した西日本新聞の記事は福岡県の話だが、その福岡の暴排条例でも五年ルールである。

このような条項が出来たのは、偽装脱退を防止するためのものだ。「組を抜けました」と口では言っていても、本当に抜けたかどうか、様子を見るために時間を置こうというのだが、その五年間、銀行の口座も作れず、就職もできずでは、どうやってカタギとして暮らせばいいというのか。これでは暴力団を脱退するのも「無理ゲー」ってやつだ。

しかも実際には、この記事や俺のように暴力団員を辞めてから五年以上経っていても、「反社」扱いをされて、銀行口座を作れなかったり、クルマを買うこともできなかったりする例が世間に溢《あふ》れているのだ。

これではいかに「もう暴力団に戻らない」と堅く心に誓った者でさえ、心が折れてしまうだろう。

それに今の社会で銀行口座を作れないというのは、あまりにも大きなハンディキャップだ。先ほどの西日本新聞の記事でも出所後、ようやく勤め先が決まったが給与振込口座が作れないために、泣く泣く内定を辞退した人の話が出てくる。

口座くらいならなんとかなるかもしれないが、「反社」条項があるために携帯電話やクルマを持つこともできない。

クルマは贅沢品《ぜいたくひん》と都会の人は思うかもしれないが、田舎だったらクルマがなければ生活もできない。また、携帯電話を贅沢品という人はいないだろう。

繰り返し強調したいが、暴排条例とは現役の暴力団員を排除するためのもので、元暴力団員の更生を妨害するためのものではないはずだ。なのに、実際には元暴力団員を社会から排除するという、間違った方向に導《みちび》いていないか。

過剰な暴力団排除運動は、更生には百害あって一利なしといえるだろう。

たとえば、二〇二一年の暮れに発表された『犯罪白書』によると、再犯者はずっと増加傾向にある。

二〇二〇年の刑法犯で検挙された者のうち、再犯者の割合を示す「再犯者率」は過去最悪の四九・一パーセントと、ほぼ半数が再犯者であった。

一方で刑法犯の検挙者は年々減少しており、十八万二千五百八十二人とこれも戦後最少である。殺人の件数は九百五十件で、二〇一三年に初めて千件を割ってから、ずっと千件前後で推移している。殺人事件のピークは一九五四年の三千八十一件だから、三分の一である。とはいえ現在も一日に三件弱は起きている計算になる。

また、『犯罪白書』と同時に公表される『再犯防止推進白書』では、元受刑者らを積極的に雇用する「協力雇用主」による雇い入れの事例も対前年比で百六十五社も減ったことが報告されている。コロナ禍《か》による企業の業績不振もあるのだろう。

仕事がなければ、また罪を重ねてムショに舞い戻るしかない——元受刑者がそう思ったとしてもけっして不思議ではないのだ。

「拘禁刑」新設で再犯は防止できるか

二〇二二年六月十三日、刑法の改正案が国会で成立した。

今回の改正の目玉は「拘禁刑」の新設と、人を侮辱した行為に適用される「侮辱罪」の懲役刑を伴う厳罰化である。

この法改正は百十五年ぶりであることも注目された。大正時代目前の明治四十（一九〇七）年に公布されて以来だという。なんとそれまでは流刑（島流し）の条項もあったらしいが、明治四十年に現行の死刑・懲役・禁錮・罰金・拘留《こうりゅう》・科料という形に整備されている。

前にも書いたが、このうち「禁錮刑」は、ほとんど例がない。もともと政治犯や交通事故の死亡事件などが対象で、「犯人を社会に出しておかない」ことが刑の目的のようなものである。最近でも東京・池袋で自動車を暴走させて母子を死亡させた高齢のドライバーに「禁錮五年の刑」が確定したくらいだと思う。

この禁錮刑とは、懲役よりも少し軽い自由刑（自由を奪われる刑）で、刑務作業を伴わない刑罰である。池袋の事件など九十歳の老人に刑務作業はムリなので、禁錮刑が妥当ということになる。

『犯罪白書』によると、二〇二〇年の入所受刑者のうち懲役は九九・七パーセント（一万六千五百六十二人）、禁錮はわずか〇・三パーセント（五十三人）で、二一年三月末時点の禁錮受刑者のうち、約八割が希望して作業をしている。

今回の法改正では、拘禁刑の受刑者は、必ずしも刑務作業だけを行なわなくてよく、薬物やアルコール依存症、性犯罪など個別の事情に合わせて矯正プログラムのセッションなどを受けることができる。また、高齢者や障碍者《しょうがいしゃ》は作業能力が考慮され、若年者は勉強も認められる。

要するに、刑務作業をさせただけでは懲役は反省しないし、出所するための社会性など身につくわけがないので、「ムショにいるうちから、社会復帰のためのトレーニングをしよう」というのが拘禁刑の趣旨である。

刑務所というよりは、少年院の教育に近いかもしれない。懲役は何も考えずに刑務官の指示通りに動いていればいいのだが、少年院では「二度と犯罪に手を染めないように」ととにかく厳しくされ、自分で考えることを要求される。俺の場合、厳しかろうが何だろうがそれで更生する気はなかったが、少年院の教育には一理ある。

もっとも二〇〇六年から行なわれている「性犯罪者処遇プログラム」は、受講者の出所後三年以内の性犯罪の再犯率（十五・〇パーセント）は、受講していない者（二十二・五パーセント）よりも七・五ポイント少ないが、受講しても一割は再犯しているのだ。

これを多いと見るか、少ないと見るか。今後はプログラムの内容も見直され、受講時間も長くなるのだろう。

なお、こうした議論には、「罪人の更生など不可能であり、多額の税金を費やす必要はない」という批判もあるが、更生の支援は「出所者がかわいそうだから」体制を整えているわけではない。

更生できない者たちは、生きるために犯罪でも何でもやる。次の被害者は、今この本を読んでいるあなたや、その家族かもしれないのである。それを未然に防ぐためにも、更生プログラムは必要不可欠なのだ。

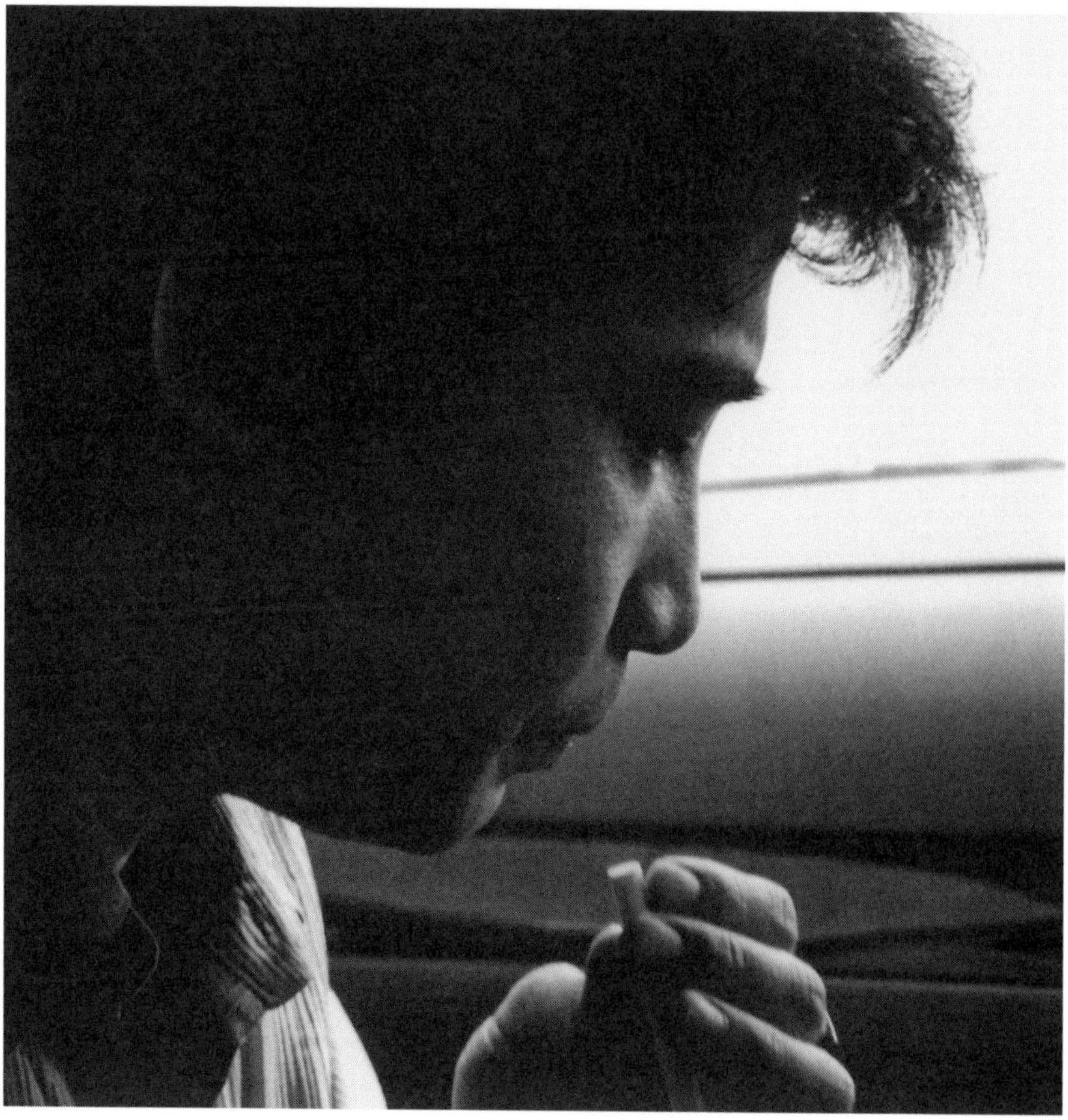

第3章 一念発起

初戦敗退

広島刑務所を出所した二〇一一年七月、俺は初めて司法書士試験に挑戦した。

結果は惨敗であった。「一回で受かるのはむずかしい」と言われているのは知っていた。だが、もう少しいい線いくかもと内心思っていたのだ。

しかし、まったく歯が立たなかった。

「まあこんなもんやな……」

教師から言われて受験した高校入試以来、テストなるものを受けるのはこれが初めてで、だから二十年くらいのブランクがある。中学時代は好きな科目はそこそこいい点を取っていたんだから、やっぱり使わない頭は錆《さ》び付《つ》いていたというわけだ。

一人苦笑するほかなかったが、それなりに獄中《なか》で勉強してきたつもりだったので、やはり悔しかった。

だから、ますますファイトが湧いた。

性格にもよるのだろうが、俺は失敗すればするほど、地味に燃えてくるタイプだ。

ヤクザでもカタギでも「吹かす」タイプは多い。「司法書士試験くらい、俺の実力だったら楽勝だ」とか根拠のない話をする連中。そういうのは、基本、自信がないので大言壮語《たいげんそうご》するのだ。

また逆に「ダメだ、ダメだ」と最初から言い訳を用意する奴もいる。これも俺からすればアウトだ。

「難関中の難関」試験と言っても、受験資格さえあれば誰でも受けることはできる。これから受験するというのは何の自慢にもならないわけだし、試験というのは時の運もある。どんなにがんばってもダメなときはダメ。

だから、黙って努力する。言い訳も自慢も要らない。誰かのために受験するのではなく、俺は俺のために受験する。

事実、俺が司法書士試験に合格するのは、これから七年後の二〇一八年だ。

世の中には一年目で合格する奴もいる。七年もかかるのは遅いほうかもしれない。いや、遅いんだろう（笑）。

でも、俺がその間、「諦めよう」と思ったことはない。やればかならずいつかは合格すると思っていたのもあるが、いつも平常心でいつづけられたことが大きいと思う。

あまり自信過剰なのも、逆に自信がないのもダメで、そういう連中は途中で挫折する。

だが、それではその間の努力はゼロになってしまう。でも合格するまで勉強を続ければ、その間の努力はけっして無駄ではなかったということになる。

当たり前の話だ。でもその当たり前ができない奴があまりに多い。しかし、こんなことは気の持ちよう一つである。

宅建に挑戦

「初戦」はあえなく敗退したが、この年の秋は宅建（宅地建物取引士）の試験を受けてみることにした。

宅建とは、「宅地建物取引業者」つまり不動産会社で必要とされる資格で、不動産の売買、賃貸物件のあっせんなどを手がける。

認定団体は国土交通省で、試験の合格率は二割弱。「合格率三パーセント」と言われる司法書士よりは楽勝と言えるが、試験は試験、油断はできない。

なぜこの試験を受けようと思ったかというと、受験科目が司法書士試験と、わりとかぶっているからだ。

試験科目は、土地と建物、その権利に関する民法、不動産登記法、借地借家法、マンションの区分所有法のほか、都市計画や国土利用計画法、都市計画法、建築基準法、宅地造成等規制法、土地区画整理法、農地法、登録免許税などで、マークシートの択一式で五十問の出題である。

試験は毎年十月に行なわれる。ちなみに、二〇二〇年はコロナ禍の影響で十月に加えて十二月にも追加の試験日が設定された。準備していた人たちは気が気でなかったろう。

今にして思えば、自分でも不思議だが、俺は根拠なく「宅建なんか余裕で合格できる」と思っていた。

司法書士の勉強が優先だ。「宅建のための勉強」に使う時間はないと思っていたし、どうせ同じ法律から出題されるのだし……と油断していた。

あれは試験の三週間くらい前だっただろうか、自分がまったく宅建試験の準備をしていないのに気付いて「少しは過去問くらいはやったほうがいいかな」と思い、近所の書店に行ってみた。

司法書士はむずかしいから大きな書店に行かないと問題集は見つからないが、宅建は受験者も多いから岡山の小さな書店にも問題集は置いてある。

ちなみに司法書士の合格者はせいぜい年間七百人だが、宅建の合格者は三、四万人はいる。不動産屋を営むならば必須の資格と言えるから、受験者も多く、資格所持者も多いのだ（不動産屋で働くだけならば、宅建の資格がなくてもいい。だが、宅建の資格を持っていたら、多少は給与がアップするはずだ）。

目に付いた「宅建問題集」を買って、自宅でやってみた。

「なんや、こりゃ。まったく分からん」

と、驚いた。考えてみたら、宅建は不動産屋の実務をやるための資格だから、試験の内容もかなり具体的だ。不動産屋に勤めたことなどない俺には、意味不明のところもあった。

そこであわてて勉強を始めた。

三週間の「猛勉強」のおかげで、結果は楽勝といってよかったが、受験というものを甘く見過ぎていた自分を素直に反省した。それと同時に、この合格で自信がついたのも事実だ。

司法書士と行政書士

翌二〇一二年の司法書士試験は、さらにしっかり勉強したつもりだったが、やはりダメであった。そんなに簡単なものではないと分かっていてもツラいものがある。

そこで、この年は行政書士試験を受けてみることにした。

これに合格できれば、去年の宅建合格と同様に自信を取り戻せるだろう。

もし、落ちたら……落ちた先のことは考えてもしょうがない。じっとしていても何も変わらないんだったら、動いたほうがいい。

行政書士と司法書士は見てのとおり、名称が似ている。

実際、法律を用いた業務を行なう国家資格という点では共通だが、行政書士の主な仕事は「役所（官公署）に出す書類作成」の代行である。あくまでも書類を「作る」のが仕事で、そこから先、申請をするのは当事者というわけである。

これに対して司法書士は不動産や会社の登記といったことがらについて、書類を作成すると同時に、その手続きを代行するのが主な仕事だ。

行政書士、司法書士の違いは他にもあるし、行政書士の仕事には書類作成の代行以外もあるのだが、その細かいところまで説明をしだすときりがない。読者もつまらないだろう。だから今は「行政書士の仕事は書類作成の代行」という、ざっくりとした把握でいい。

もちろん、書類作成といっても相手は役所なのだから、専門知識は必要で、けっして簡単に取得できるというものではない。行政書士の合格率は年によって上下はあるが、だいたい十パーセントくらい。つまり、受験生の九割は不合格になっている。

さらに違いを言えば、司法書士は法務省の管轄だが、行政書士は総務省の管轄である。似たような仕事なのに監督官庁が違うのはなぜかという話は、ちょっとややこしいのでここでは省く（学界の中でも説が分かれる）。とにかく監督官庁が違うということだけを知っていればいい。

一方、司法書士と行政書士で共通しているのは、第一に年齢、学歴、国籍などに関係なく、誰でも受験できるという点である。欠格事由（資格を取得できない理由）も同じである。

試験問題の科目は憲法、行政法、民法、商法、基礎法学、そして行政書士の業務に関する一般知識で、マークシートによる択一式と記述式合わせて六十問、三百点だ。

司法書士試験と異なり、相対評価ではなく絶対評価なので、出題の六十パーセント以上を正解できれば合格となる。ちなみに運転免許の試験も絶対評価で、合格ラインをクリアすればいい。学科試験は九十点、実技試験は七十点以上で合格である。

「士業《しぎょう》」とは

行政書士の試験は毎年十一月に行なわれる。

憲法、民法、会社法に関しては司法書士試験も同じだから、行政法を中心に勉強すること三ヵ月。もちろん問題集を買って、今回は対策をしっかり行なった。

これも俺にとっては楽勝だった。一発合格だ。

行政書士になるために高い授業料を払って、専門の予備校に通っている人も少なくないわけで、そういう人には申し訳ない気もした。

だが、考えてみれば、俺は司法書士試験のために朝から夕方まで毎日勉強しているので、合格して当然だとも言える。行政書士の試験を受けるために学校に通ったり、オンラインで講義を受けたりしている人たちは、仕事の合間に時間を費やしているのだ。だから慢心は禁物だ。

とはいえ、これで俺はいわゆる「八士業」の資格の一つをゲットしたわけだ。弁護士、弁理士、司法書士、行政書士、税理士、社会保険労務士、土地家屋調査士、海事代理士の八つがそれである。

資格に「士《さむらい》」の字が入っている「士業」は他にもたくさんある。一般になじみのある資格を思いつくままに挙げてみても、公認会計士、一級建築士、不動産鑑定士、中小企業診断士、気象予報士、自動車整備士、救急救命士、歯科衛生士……と、いくつも出てくるだろう。

もちろん、八士業以外の「士業」もそれぞれ取得するメリットはあり、独立起業する道につながっていると言えるわけだが、その中でも八士業が特別視されるのは、他人の戸籍や住民票を請求できるからだ。

戸籍や住民票は個人情報中の個人情報だから、本人以外は基本アクセスできない（昔はできたのだが）。その意味でたくさんある国家資格の中でも特別なものであるし、その特権を濫用して、戸籍や住民票の情報を第三者に横流しすれば犯罪となる。新聞やテレビのニュースで、よく私立探偵などに戸籍情報を横流ししたという事件が報じられる。犯罪だと分かっていても、こういう輩《やから》がいなくならないのは、他人の戸籍情報は「カネ」になるからだ。

それだけに「八士業」は高い倫理観や自制心が求められるし、社会的信用もそれだけ高くなる。また特別な資格だけに競争相手も多くはないので、開業したらそれなりに仕事が舞い込んでくる。

実際、行政書士試験に合格してすぐに実家で事務所を開業したら、知り合いを通じて相続関連の書類作成や遺言の執行などの仕事が入ってきて、それなりの収入を得られるようになった。生活の心配がなくなったので、それだけ司法書士の勉強にもより打ち込めた。

俺の中では行政書士試験はあくまでも腕試しという感じだったのだが、これはうれしい誤算だったと言えるだろう。

成功への近道は努力の積み重ねだ

司法書士試験はなかなか合格できなくても、大卒でも不合格になる宅建や行政書士の試験に一発合格した俺の勉強法をここで披露しよう……と言っても、実は何にも特別なことはない。

司法書士試験に合格し、「東亜国際合同法務事務所」の看板を出してから、今までメディア各社からインタビューを受けた。そこではかならず、難関突破の「秘訣《ひけつ》」や試験勉強の方法などについて聞かれたが、俺は特別なことはしていない。むしろ他の受験生諸君と比べたら、学歴は低い。

そもそも俺は前科者で元暴力団員。ろくに漢字も読めやしない連中の世界で過ごしてきた男だ。

たしかに中学校では前にも書いたように、不良の同級生たちに隠れて塾に行ったりはしたけれども、しょせんは中学の勉強。しかも中学を出てから二十五年、四半世紀が経っている。ブランクがありすぎだ。だから「こうすれば楽々、合格できる」なんていう方法は、残念ながら教えることはできないし、知らない。

だが、司法書士試験は開業するためにある。促成栽培《そくせいさいばい》方式の、暗記オンリー方式で合格したら、独立開業してからが大変だ。過去問を解いていて分からないことがあれば、理解できるまで参考書や解説を読む。そうしておけば、実際の司法書士業務に際しても応用が利《き》くというものので、丸暗記方式ではそうはいかない。

ただ、そんな俺だから断言できることがある。

それは「この俺だって合格できたんだから、誰でもやる気になれば合格する」ということだ。

世の中には「中卒で司法書士に合格できたのは、甲村柳市に隠れた才能があったからだ」と決めつけたり、「自分が勉強できないのは、親のせいだ」とか他人に責任転嫁《せきにんてんか》したりする人間が多すぎる。それは要するに「失敗する勇気」がないからだと俺は思う。

何度だって失敗していい。
最後の最後に合格すれば、それで万事ＯＫよ。

自分を信じろ。かならず道は拓ける

すでに書いたことだが、俺だって七回も司法書士試験に連続して落ちているが、でも、合格して開業してしまえば、そんなことをいちいち聞く奴はいない。人間は何ごとも「結果」が大事なんだ。

実際、「元ヤクザなのに司法書士になった男」とマスコミが取材しに来るし、こうやって「体験談を本にしませんか」という話も舞い込んでくる。俺が五回目、六回目、七回目の試験で「もうダメだ」と思って逃げていたら、絶対にありえなかった。

それに、そういう取材で「甲村先生は七回も落ちたんですよね」なんて言ってくる奴は一人もいない。世間なんてそんなものだ。

一方、たとえばたった一回や二回の受験で不合格になって「ああ、俺には司法書士は向いていないんだ」と諦めたらどうなる？　少なくとも本人は「せっかくの一年間（二年間）を棒に振った」という後悔しか持たない。

後悔するならばまだいいほうで、誰かのせいにする奴も少なくない。

「頑張ろうと思ったんだけど、親（や配偶者）が『試験勉強なんかしないで働け』と言ったから受験を諦めたんだ」とか「俺はやる気があったんだけど、無理だとみんなが言うから」とか。

そんなのは言い訳で、本当はそいつに、最後までやり通す「勇気」がなかっただけのことだと俺は思う。

また、受験勉強にしても、専門の学校に行ったり、問題集や参考書を揃えたりしないといけないという発想を持つ奴がいる。で、そういう奴は「カネがないから俺には無理だわ」と最初から決めつける。

それもまた言い訳だ。後で書くが、俺なんか受験勉強中、学校にほとんど通わず、ほぼ独学でかなりの部分を身につけた。そういう意味では学校に通わなくてはいけないというわけではない。問題集なんかも何冊も要らない。同じ問題集を繰り返し繰り返し解いて、百点満点を取れるまで、その本に書いてあることが頭のすみずみに入るまでやったほうが実力がつく。

そこで大事なのは「俺は絶対にやる！」「俺は絶対に合格する！」と、自分のことを信じることだ。

自分自身を味方につける――これがいちばん大事なことだ。

結局、頼れるのは自分だけ！　てワケよ。

自分の実力、執念を信じていれば、他人が何と言おうと気にならない。

俺なんて今でも、インターネットで「元ヤクザのくせに……」などと書かれているが、「いろいろな考え方があるもんやなあ」と笑っている。いちいちエゴサーチ（自分の名前を検索する）をしてハラを立ててもしかたない。何においても、「ひとそれぞれ」なのだ。

今どき、こういうことを書くと批判されるかもしれないが、俺の知っているヤクザの世界は「辛抱と忍耐」の世界だった。

今は半グレみたいな連中が入ってきて、振り込め詐欺とかに手を染めて楽に金儲《かねもう》けをする、詐欺師の楽園みたいになっているが、かつてはそういう輩はヤクザだって軽蔑したもんだ。

俺が竹垣会長から学んだのは、「どんなにつらくとも辛抱しろ」ということである。「努力なくして勝利なし」ということだ。ヤクザの世界も、カタギの世界も、そういう意味では同じだ。

今この本を手に取っている人にぜひ伝えたいのは、たとえ若くなくても、カネがなくても、ひどい境遇にあっても、勇気と希望を持って成功まで挑戦しつづけることだ。それこそが「目標を達成できる」最高のやり方だと思う。

プライドは捨てない

もう一つ、生きていくうえで、俺が最も大事にしていることがプライドだ。

もともとヤクザは矜持《きょうじ》だけで生きているようなところがあるものだったが、俺はヤクザをやめても、死ぬまでプライドを持ち続けるつもりだ。

ところが、書店に行けば「プライドは捨てろ」というような本が並び、ネットでも同様の論調が目につく。

つまらん意地なら捨てたほうがいいが、プライドとは、自らを誇ることであり、尊ぶことである。

さらには、己の職務についても誇りを持つことだ。

寿司職人には寿司職人としての、営業マンには営業マンとしてのプライドがあるだろう。

俺は今、司法書士として、依頼者の権利を守るために、そして、悩みを抱えている人たちが笑顔をとりもどせるために、文字通り生命を賭けている。

法律家という職業は俺の生きざまそのものであり、プライドだ。

プライドを持って仕事をしていれば顧客を裏切ることなどできないし、場合によっては頭を下げることもいとわない。

時には損をするかもしれないが、生きるとは、そういうことだと思っている。

俺の家庭教師は「裁判所」

話を司法書士試験の勉強に戻そう。

では、具体的にどのように勉強すればいいか。

俺も独居房だけで勉強していたわけではない（笑）。

でも、考えたら出所しても似たような感じで勉強していたかもしれない。

俺がやったのはひたすら自宅で地味に机に向かうこと。

司法書士の試験範囲は膨大だが、とにかく過去問を解くことによって理解を深めていった。

ちなみに司法書士は難関なので、多くの人は行政書士と同じく学校に通ったり、通信制の講座（今はネットがあるから学校の講義をどこにいても受けられる）を選択したりする。しかし、俺の場合は自分は独学のほうが向いていると思ったし、学校や通信教育だとそれにカネを払っただけで満足してしまうのではないかという警戒心もあったから、あえて厳しい道を選んだ（それでも途中、自分の学習方法の正しさを確認したりするために一時的に学校に行った＝後述）。

その場合、もしもよく分からない問題が出てきたらどうするか？

正解は簡単で、「裁判所や法務局に電話をして聞く」である。

法務局というのは登記に関する民事行政事務を扱うところで、司法書士の仕事にとっては重要な役所である。

読者の多くは、司法書士の勉強で分からないことを裁判所や法務局に聞くなんて恐れ多いと思うかもしれない。しかし、実際に電話してみると分かるが、日本の裁判所や法務局というのはとても親切である。考えてみれば、裁判制度を支えているのは我々国民の税金なのだから、納税者に親切にするのは当然の義務であるし、聞くのは彼らの業務に関わることなんだから遠慮は要らない。それに相手はプロだから、素人の俺にも分かるまできちんと説明してくれるし、答えも明快である。

もしも同じところにしょっちゅう電話するのが気が引けるのであれば、裁判所や法務局は日本中に何百もある。電話番号は裁判所や法務局のホームページに載っているから、「今日は北海道」「明日は沖縄」と気が向くままに電話したらいい。法律には地方の違いなどはない。

そういうわけで、裁判所や法務局は最高の「家庭教師」だ。

と言っても、勉強するのは平日だけ。年に一回しか試験はない。長い受験生活になると分かっていたから、休日返上はかえって効率を落とす原因だと考えた。

また、ダラダラと朝から夜遅くまで勉強しているのも、リズム感というか、メリハリがなくなってしまう。長く机の前に坐っていればいいというものでもない。

これがまだ若いうちなら、そうやって闇雲に勉強するのもアリかもしれない。しかし、俺はやっぱりオッサンだから、若い連中と張り合ってもしょうがない。何より、世の中には楽しいことがいっぱいあることも知っている。いや、世間の人よりももっと多く知っているかもしれない。だから、そんなにがむしゃらになりようもないのだ。

「過去問」を繰り返し解く

合格まで八年かかったことで、「苦節」などといわれるが、俺にとってはそんなことはなかった。きちんと休憩して睡眠も取っていたし、勉強は楽しく、すればするほど手ごたえを感じていた。どんどん自信がついてくるので、毎回「次はイケる（＝合格する）んちゃうかな？」と思い、ダメでも「来年はいけるな」と楽観していた。

民法も丸暗記までは必要ないし、丸暗記したところで受かるわけでもないのだが、それはそれでおもしろかった。丸暗記で理解が深まったと思う。

それにしても、最近の司法書士試験の問題は「アホみたいに」むずかしくなったと思う。実務であそこまで複雑なものを扱うことはない。司法書士試験の難易度は東大入試以上などとも揶揄《やゆ》されているくらいだ。

とはいえ、合格しなくては話にならないので、ひたすら基本書の読み込みと過去問題を解いていくことで問題に慣れていくことが重要である。

基本書を漫然と読んでいても頭に入らないのであれば、過去問題中心にしてもよい。今はインターネットで過去問題の解き方もたくさん紹介されているので、それらも参照しながら一問ずつ丁寧に考えることを繰り返す。なおネット情報を参照するときは、レアな判例はキリがないので気にしなくていいと思う。

もう一つ、「苦手科目」を作らないことも鉄則である。たとえば民事執行法や民事保全法などは一問しか出ないので、つい「苦手だから」「一問しか出ないから」と勉強しないのはお勧めしない。

苦手であろうが、何であろうが、ひたすら過去問題を一問目から順番に繰り返し解いていく。そして自信がついてきたら、予備校の模擬試験を受けてみるのもいい。思ったような結果が出なくても、それで落ち込まずに再び挑戦する。その繰り返しである。

参考書がなくても勉強はできる

そもそも、司法書士試験がどのくらい膨大な知識を求められるか、それを知ってもらうために試験の内容を紹介したい。

試験は例年は七月に一次試験、十月に二次試験が行なわれている。

前にも書いたが、一次試験はマークシートの択一式と不動産登記法・商業登記法の書式についての記述式で、二次試験は面接の口述試験である。

一次試験のマークシートは午前中に、

憲法（三問）

民法（二十問）

会社法（九問）

刑法（三問）

の計三十五問、百五点満点が出題される。

午後のマークシートは、

不動産登記法（十六問）

商業登記法（八問）

民事訴訟法（五問）

民事執行法（一問）

民事保全法（一問）

　供託法（三問）
　司法書士法（一問）
の計三十五問、百五点満点だ。
さらに午後には、
　不動産登記法
　商業登記法
の記述試験が各一問、七十点満点で出題される。
これを見ただけで頭が痛くなる人も少なくないだろう。
そして、この一次試験に合格すると、十月の二次試験に進める。
一次試験の合格発表は、二次試験の約二週間前である。
この二次試験は口述試験だが、一次試験をパスできる力があれば、そんなに怖い試験ではない。どちらかというと面接程度の意味合いの、簡単なものではある。
口述の試験科目は、
　不動産登記法
　商業登記法
　司法書士法

の中から二問が出題される。所要時間は一人あたり十五分程度である。

司法書士の口述試験では、一人の受験生に対して二人の試験官からそれぞれ一問ずつ質問が出される。質問はシンプルな内容だから、そんなに長々と答えることはない。落ち着いて、はっきりした言葉遣いで答えるのが肝心である。

こうして二段階の試験が終わって、合格者発表が行なわれるのが十一月である。官報の他、筆記試験を管轄する法務局・地方法務局での掲示、法務省公式サイトに最終合格者の名が掲載される。

いちばん楽なのは法務省のサイトにアクセスすることだが、さすがに発表当日はアクセスが集中するので、なかなかつながらない。こんなことに時間を使うのは無駄だ、合格していればどうせ予備校が「おめでとうございます」と連絡してくれるだろうと踏んでいたら、予想通り予備校から電話が来た。予備校にとっては、少しでも通った人間が合格すれば「実績」になるのだから、親切にしてくれるのだ（予備校の話は後述）。

説明の順序が逆になったが、受験の申請書は、全国の法務局か地方法務局の総務課でもらい、郵送で申し込む。受験手数料は八千円で、受験申請書に収入印紙を貼付《ちょうふ》する。

受験会場は自分で選ぶことができる。通常は自宅の最寄りの場所を選択するが、俺は隣県の鳥取で受験した。岡山より鳥取のほうが受験者の数が少ないから静かだし、机の間隔も広いので、落ち着いて試験を受けられるからだ。

北海道や沖縄など遠方の会場で受けるのも気分転換になるかもしれない。受験生にはなかなか余裕もないが、おもしろいかなと思う。

受験勉強には息抜きも必要

これで司法書士の試験については概略が分かっていただけただろう。

さて、俺の受験勉強の日々を記そう。

当時の俺は、朝起きるとまずピアノの前に坐る。自己流でジャズの曲を弾く。そうすると、脳が活性化される気がしてくる。

それから机に向かう。だいたい九時くらいのスタートだろうか（俺は朝飯は普段から食べない）。
三、四時間、過去問や参考書を読んだら、昼飯。
それから夕方までは「集中力が切れるまで」勉強を続ける。

その日の体調や勉強する内容によって、頭の働き方は違う。だから、午後は「何時間勉強する」と決めないで、「集中力がなくなったな」と思ったら深追いしないでそこで切り上げる。

勉強を終えたら、さっさと机から離れるのも大事だ。やる気もないのにダラダラと坐っていても意味はない。頭を切り替えることが大切なのだ。

たいていは倉敷市内——俺の自宅は岡山市だが、場所的には倉敷のほうが近い——に出て、自分の行きつけの店で旬《しゅん》の物、好きな物を食べ、それから軽く、これまた行きつけのスナックでカラオケをやる。もちろん俺の十八番《おはこ》は永ちゃんだ。ひとしきり歌い、店で出会った友人たちと歓談して、家に帰る。

これが俺の平日の「ルーティン」だ。

やはり一人でずっと勉強していると、人恋しくなる。だから飲んで、カラオケをするのはいい気分転換になる。友人たちの中には小学校、中学校からの知り合いも多いから、一緒に過ごしても気楽だ。

土日ももちろん、勉強はオフだ。

俺は昔から釣りが趣味だ。と言っても、これも一人で釣りをするのは趣味じゃない。友人も引き連れて、自分の車で瀬戸内海、日本海、さらには四国に行って太平洋で釣りをする。夜は俺が釣れた魚を捌《さば》いて調理する。賑《にぎ》やかな宴《うたげ》で夜は更《ふ》けていく。こうやって書くと、改めて「俺は愉快な仲間に恵まれたHappyなヤツだ」と友人たちに感謝する。

もちろん、たまには「世の中の人たちは、この時間にも司法書士試験に取り組んでいるのかな」という思いも心をよぎらないではない。

でも、試験は年に一回しかない。つまり、一年で一サイクルの勉強リズムなのだから、学校の期末テストを受けたりするのとは訳が違う。だから、毎日毎日のメリハリはしっかりつけて、緊張する時間と緩《ゆる》める時間を意図的に作ったほうがいい。

司法書士試験にかぎらず、士業の試験を狙っている人たちにはぜひ、このことをアドバイスしておきたい。

専門予備校との「付き合い方」

……とちょっと偉そうなことを書いたが、前にも述べたように、俺は合格するのに足かけ八年もかかってしまった。

だから、ずっと同じような勉強をしていたというわけでもない。やはり多少は「改良」しなきゃならない。

勉強を続けていった結果、俺は少しずつだが「合格圏内」に近づいていった。しかし、六年目の二〇一五年頃になって伸び悩んでいることに気付いた。

それまではずっと「独学」を続けていたのだが、それだけでは足りないところがあるのかもしれない。そこで、法律資格専門予備校であるＬＥＣ東京リーガルマインドの岡山本校へ通うことにした。

と言っても、独学路線を諦めたわけではない。予備校に通うことで、これまでの勉強法をチェックしておきたいと思ったのだ。成績が伸び悩んでいる理由を、そこで見つけられるような気がした。

さすがＬＥＣは専門予備校だけあって、過去問のデータが整理されているし、また問題集もよく作られていると感心した。さらに、模擬試験をひんぱんにやっているので、実戦経験も積める。こういうあたりは独学ではできないところだ。

だから、俺はＬＥＣのいいところを吸収して、それを自分の独学に活《い》かすことにした。

そうすることで「伸び悩み」の問題も徐々に解決していったように思う。

司法書士試験は、行政書士や宅建とは異なり、かなり「ひねった」問題が多い。過去問の丸暗記だけではまったく通用しない。

基本的な事項を過去問を通じて頭に叩《たた》き込《こ》むのは当然だが、それとは別に新しい問題に挑戦していくことも大事だと分かった。

と言っても、予備校頼みにして、受け身になってしまったらよくない。

また、予備校に行くこと自体が目的になって、勉強が二の次になるというパターンもきっとあると思う。予備校で友だちができて、そいつらと遊んだりするのが楽しみになるという危険性はゼロではないし、そこまで行かなくても、「ぬるい勉強」しかしていない奴を見て「あれでもいいんだ」と思ったりするのはよくない。

だから俺はLECは数年で切り上げて、そこからは独学のスタイルに戻すことにした。ただ、模擬試験などは実戦の役に立つので続けた。

八年目の合格

二〇一八年、俺は晴れて司法書士試験に合格した。たくさんの人から「おめでとう」とお祝いの言葉をいただいた。うれしいというより「ホッとした」というのが当時の正直な感想であった。

いわば浪人の身から武士になれたのだ。八年あまりの努力が認められたことにも、俺のやり方は間違っていなかった、と安堵感《あんどかん》があった。

発表があってすぐの十一月二十二日に司法書士登録をして開業し、事務所の名称を「司法書士・行政書士東亜国際合同法務事務所」と改めた（行政書士に合格した翌年の二〇一四年七月に「行政書士岡山南総合法務事務所」を開設していた）。

ちなみに、司法書士は試験に合格すれば自動的に仕事ができるというものではない。「資格を持っている」ことと「開業できる」こととは別物なのだ。

と言っても、その手続きは決まり切ったものだから、恐れる必要はない。要するに開業する場所の司法書士会に登録すればいいのである。弁護士と同じく、開業するためには、かならずどこかの会に所属することが決まっているのだ。

俺が「エゴサーチ」をしない理由

話は遡《さかのぼ》るが、俺は出所した二〇一一年に宅建合格、二〇一三年に行政書士試験合格、翌一四年に登録して「行政書士法人　岡山南総合法務事務所」を開業している。

行政書士の登録を翌年に持ち越したのは、欠格事由である「出所から三年を経過していないこと」に該当していたからであるが、それ以外で特に「元暴力団員」であることで不利益が生じたことは今のところ、ない（ただし、自動車を買おうとして断わられたことはすでに述べたとおりである）。

この不利益については後述するが、俺が稼業入りした一九九三年の前年である九二年に暴対法（暴力団員による不当な行為の防止等に関する法律）が施行された。しかし、当時はまだヤクザは食えていた。作業服姿で、倉敷市のゴミ収集車に乗って仕事をしていた現役のヤクザを見かけたこともある。要するにヤクザと公務員の「二足のわらじ」ってやつだ。他にも地元の大企業の社員でありながら、現役のヤクザという奴もいた。そんな時代だった。

今のように金融機関の口座やクレジットカードが作れないことなどもなく、合法的な会社で経営者や従業員として働くこともできていた。

とはいえ、司法書士事務所開業に「物言い」がつくのではないかという不安がなかったといったら嘘になる。だが、やはり堂々としておいてよかったと思う。

開業当初は、「元山口組の暴力団員が難関を突破して司法書士に」などとインターネット上のニュースを中心に報じられた。これに対してネットでも称賛と非難がうずまいていた。いや、今もネット上には憶測を含めていろんなことが書かれている。

「甲村先生、エゴサーチはしないほうがいいですよ」

こんな助言をしてくれる人もいる。

エゴサーチとは自分の名前でインターネットを検索することだそうだ。

どうせ俺のことも知らず、俺が司法書士になった事情も知らない連中が書くことだ。ロクなことが書かれていないのは、いちいち検索しなくても容易に察することはできる。

しかし、俺はあえてそういう書き込みは放置している。何を書かれても「そういう考え方もあるんやな」と笑い飛ばすことにしている。

そもそもネットがあろうとなかろうと、この世の中には嫉妬がうずまいている。カタギだけではなく、ヤクザたちの中にも俺を妬む者はいる。

現代社会はヤクザにとって生きにくい時代であり、苦しむ中で「甲村だけ、うまいことやりやがって」と思う者もいるのだろう。それはしょうがないと思っている。しかし、本当に恨むべきは俺ではなくて、「元」暴力団員だからといって世の中から排除しようとする、世間の仕組みに対してではないだろうか。

基本的にネットでの中傷などは放置すると書いたが、例外がないわけではない。

つい先日の出来事であるが、動画投稿サイト「ＹｏｕＴｕｂｅ」において、俺に矢を向けた奴がいた。

この動画投稿者は自己陶酔からだろうか、複数の他人の批判や誹謗中傷を繰り返していた人間だ。それが今度は俺について、第三者が聞いたら誤解をするような嘘っぱちをまくしたてていた。それは俺の今の仕事を妨害し、名誉や社会的な信用、評価をいちじるしく毀損《きそん》させるような内容だった。

ちなみに俺とこの動画投稿者との間にはいっさいの接点もなければ、利害関係もない。

この投稿者は数日でこの動画を削除したが、削除すれば名誉や信用を回復できるというものではない。これについては俺も放置できないと思い、刑事告訴をして捜査も進んでいた。残念ながら、諸々の事情があり、最終的には告訴を取り下げたが、それで許したわけではない。

ネットにはこういうフェイクニュースを安易に信じて、それを転載したりする輩《やから》も少なくない。

今のところ、そうした被害は本件だけであるが、もしもふたたびそういうことになれば刑事事件にするのは当然のこと、民事上の慰謝料請求もするつもりだ。

一概には言えないが、慰謝料は侮辱罪では十万～五十万、名誉毀損となれば十万～百万円程度が一般的な相場であるようだ。

しかし、最近はネット上の誹謗中傷の悪質さについて理解が広まっているので、今後は増額傾向に転じる可能性が大だ。

暴排条例はなぜ作られたか

ヤクザが本当に苦しくなったのは、全都道府県で暴力団排除条例が作られてからである。

暴排条例は二〇一一年十月までに全国の都道府県と一部の市区町村で施行されているが、これは「暴力団員」ではなく、むしろ「暴力団員」と交際する一般の市民を取り締まるものである。俺は二〇〇五年にヤクザをやめていて、公的な資格をいくつも取っているから、ムショ帰りでも問題はない。

ちなみに各自治体の条例は雛型《ひながた》が警察庁で作られたようで、どこの条例もほぼ同じである。

たとえば東京都の条例では、条例の目的を、

第一条　この条例は、東京都における暴力団排除活動に関し、基本理念を定め、都及び都民等の責務を明らかにするとともに、暴力団排除活動を推進するための措置、暴力団排除活動に支障を及ぼすおそれのある行為に対する規制等を定め、もって都民の安全で平穏な生活を確保し、及び事業活動の健全な発展に寄与することを目的とする

としている（傍点は引用者）。

暴力団の排除を「都民の責務」としているのだ。

丸腰の一般市民に対して「暴力をふるう集団を排除するのが義務だ」というのは、そもそも無茶な話である。いわば、異常な条例なのだが、当時も今もこの異常さを問題にする人はほとんどいない。問題にしたら、「暴力団を庇《かば》っている」と批判されてしまうからだ。

だが、やはりこれはおかしい。本来、暴力団を排除するのは警察の仕事だ。それを国民の義

務であるかのように言うのは問題のすり替えだ。

だが、この異常な条例により、「暴力団員」は金融機関の口座を開設できず、クレジットカード会社や携帯電話会社とも契約できなくなった。もちろん自動車のローンも組めない（さすがに、契約済みの自動車保険は解約されなくなった。そこまでやると交通事故の被害者にしわ寄せが来るから、ルールが変わったんだろう）。

この暴排条例の威力はすさまじかった。

何しろ、この条例が全国各地の自治体で作られてからというもの、暴力団員は急激に減ったのだ。そういう意味では「目標は達した」と言えるだろう。

しかし、「暴力団員数が減った」と素直に喜べるものなのか。

「減少した」、すなわち暴力団から離脱した者たちは、どのように生きているのか。そこを考えてほしい。

前にも出所者の問題の項で述べたけれど、現代において銀行口座を作れなければ給与振込をはじめとして、さまざまな支障が出てくる。

銀行口座を開けなければ、クレジットカードも作れない。元暴力団員だとアパートも借りられない。携帯電話会社の契約も拒否される。そうなれば、スマホでインターネットを利用することもできない。そういえば、国はマイナンバーを本気で普及させようとしているが、当然、そのマイナンバーにもその人間が暴力団員だったかどうかも記録されるのだろう。ますます元暴力団員には生きづらい世の中になるはずだ。

かりに暴力団員だった過去を隠して、契約を結んだりしたら、どうなるか。今やたいていの契約書には「反社条項」のチェックがあるから、「元暴力団員でした」という過去を隠したら、契約を即刻解除されるばかりか、「有印私文書偽造」で警察に捕まることも珍しくない。

これでは暴力団員であったことを正直に言っても、隠しても、どっちも「ゲームオーバー」だ。つまり、暴排条例は「日本人としての最低限の権利」さえ保障されない国民を作り出すものになっているのである。

俺の親分だった竹垣会長がＮＰＯ法人「五仁會」を立ち上げた理由の一つは、元暴力団員の更生を助けるということだったが、まさにこうした、日本という国から爪弾《つまはじ》きになっている元暴力団員を救うという意味もあるのだ。

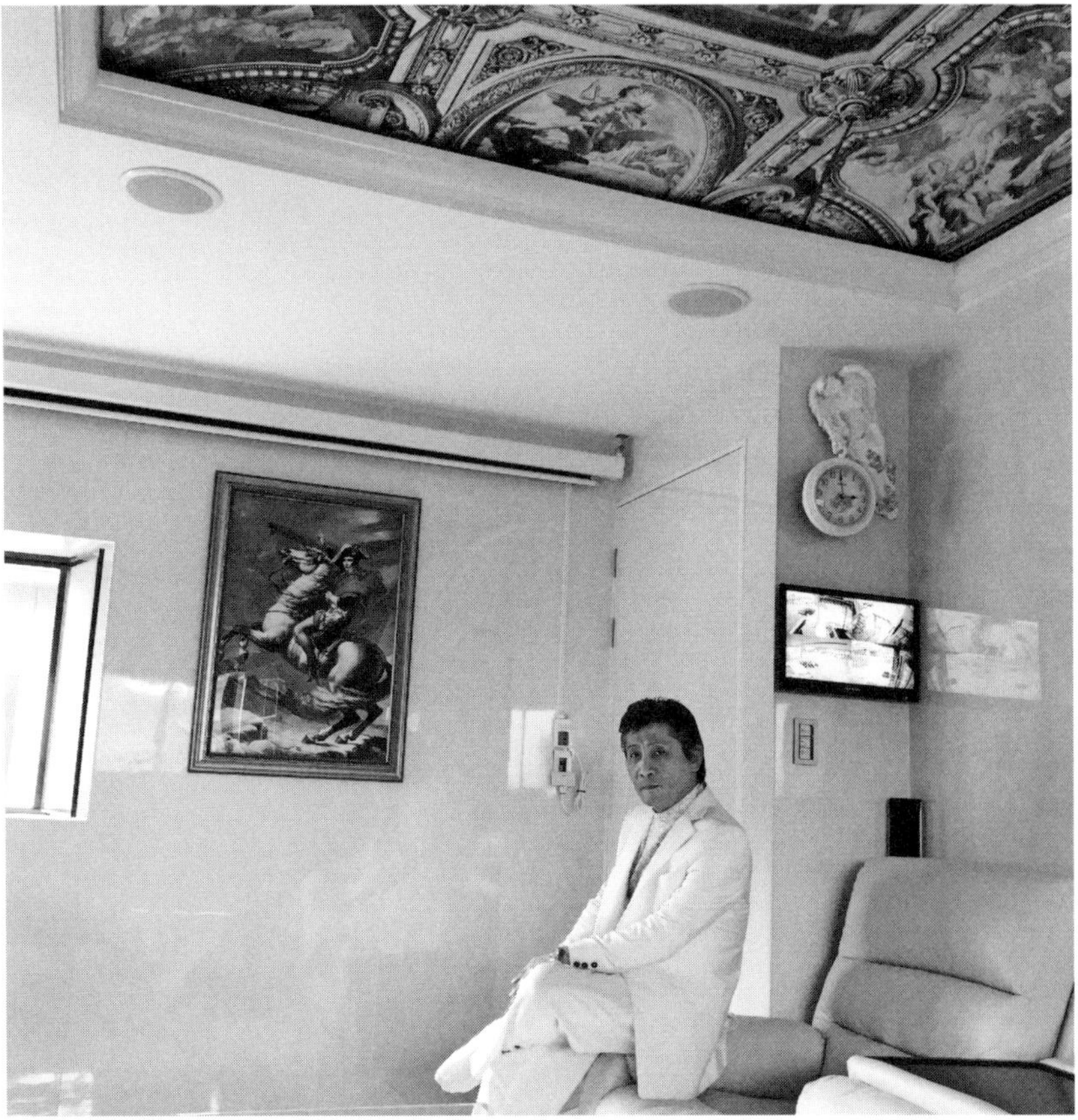

第4章 司法書士という仕事

司法書士の存在意義

「柳《りゅう》さん、『司法試験』に受かったんやて?」

さすがに最近は減ったが、こんなふうに聞かれることがあった。あるいは『司法書士試験』と『司法試験』って違ったんですか?」と驚かれることもある。

「狭き門」のわりには、司法書士の仕事はあまりメジャーではない。

そもそも「司法書士」とは、なんであろうか。

本書を読んで、司法書士という仕事に興味を持ち、「自分も司法書士を目指したい」と考える方もおられるであろう。

そこで改めて説明しておきたい。

前にも書いたが、司法書士の主たる業務には以下のようなものがある。

(1)裁判(訴訟)の代理

(2)相続・遺言

(3)土地・建物に関する登記

（4）会社・法人に関する登記
（5）成年後見《こうけん》

これらの事務を第三者から依頼されて行なうのが司法書士である。

裁判の代理人になれる「認定司法書士」

本書は司法書士になるための参考書やガイドブックではないので、（1）から（5）のすべてを解説するのではなくて、一般の読者に興味がありそうなものだけに絞って説明したい。

まず（1）の裁判（訴訟）の代理だが、司法書士は法務局、裁判所、検察庁（およびそれに類する機関）に提出する書面などを依頼人に代わって作成することができる。役所に出す書類の作成を代行するという意味では、行政書士などの仕事とも共通だが、近年、裁判事務については一部、弁護士と同様に裁判手続の代理人になれるよう、法改正が行なわれた。

と言っても、もちろん弁護士との「棲《す》み分《わ》け」という意味もあって、そこには一定の制限、条件がある。

その条件とは以下の二つである。

（A）「認定司法書士」であること

（B）「簡易裁判所」で取り扱える民事事件であること

順番に説明していこう。

司法書士が裁判所で弁護士と同じように代理人となるには、「認定司法書士」と通称される資格が必要とされる（A）。

つまり司法書士ならば、誰でも裁判の代理業務を行なえるわけではない。

この「認定司法書士」という制度は二〇〇二年に作られたもので、司法書士のうち、法務省で定める研修を受け、法務大臣の認定を受けた者が認定司法書士となれる（法律上は認定司法書士という名称はなく、「法務大臣の認定を受けた司法書士」と言われる）。

日本司法書士会連合会の公式サイトによると、二〇二一年四月一日の時点で「認定司法書士」の認定を受けている人は、全国の司法書士の約八割を占める。そういう意味では、この認定を取得することはさほどむずかしい話ではない。

俺も司法書士の資格を取得した翌年に、認定司法書士の資格を取得した。試験は筆記試験で、制限時間は二時間。筆記試験といっても、こちらはマークシートではなくて、いわゆる記述式である。全国八ヵ所《しょ》の法務局が指定する試験場で受験をする。

この資格を得ていると「簡易裁判所」での代理人になれる（B）。

日本の裁判制度では「第一審」は地方裁判所が扱うことになっているが、すべての訴訟を地方裁判所で扱っていたら業務が増えすぎてパンクする。そこで比較的少額の民事訴訟や軽微な刑事事件をスムーズに解決するためにあるのが簡易裁判所である。

なお、似たような裁判所として家庭裁判所があるが、こちらは離婚など家庭に関する裁判や少年裁判を扱う（簡易裁判所、家庭裁判所の判決に不服な場合は、上級の裁判所に上告できる）。

簡易裁判所と家庭裁判所は、ある程度の小都市ならば一緒に設置されている。

この簡易裁判所が扱うもののうち、民事訴訟について認定司法書士が代理人を務めることができるのだ。

具体的には訴訟価額が百四十万円以下の、民事訴訟や和解手続、調停手続、支払督促手続などがそれに当たる。これらを「簡裁訴訟代理等関係業務」と言う。

ちなみに百四十万円というのは簡易裁判所が扱える訴訟の上限で、それ以上になると地方裁判所に訴えることになる。つまり簡易裁判所で扱う民事訴訟はすべて百四十万円以下で、認定司法書士の守備範囲になるのだ。

「百四十万円」の縛り

この「百四十万円」という縛りについて、念のために補足をしておこう。

認定司法書士の仕事として広く知られている「過払金訴訟《かばらいきん》」の場合、依頼人が個々のクレジットカード会社、サラ金各社に法律改正前、年二十九・二パーセントという上限金利で弁済を続けたものを、利息制限法の上限金利（貸付額に応じ十五〜二十パーセント）に基づいて計算しなおした結果、払いすぎた金利（これを過払金と言う）の額が百四十万円以下なら、認定司法書士が扱うことができる。

しかし、「百四十万円」の縛りは個々の会社に対してのものだから、同時にいくつものクレジット会社やサラ金に対して過払金返還請求訴訟（不当利得返還請求）をする場合、その過払金の総額が五百万円になったとしても、個々の過払金が百四十万円以下ならば、それは簡易裁判所の管轄で、認定司法書士が扱うことができるのである。

もちろん、そのうちの一社でも過払いが百四十万円を超えていたら、司法書士が扱うことはできない。その分は弁護士に依頼して、地方裁判所に持っていかないとダメである。

だから訴額（過払い）が百四十万円を超えるようであれば、相談者に対して認定司法書士は

「これは弁護士さんにお願いしてください」と伝えるべきである。実際に簡易裁判所に持ち込んでから、「これは百四十万円を超える案件だ」という話になって、交渉がこじれないとも限らないからである。

ちなみに訴訟業務の費用や報酬について「司法書士は弁護士より安い」という話があるが、それは一概には言えない。

費用・報酬については、弁護士も司法書士も業界一律の代金表があるわけではなく、そこは自由に決めてもいいことになっている。ただ、過払金については一部の弁護士が「ぼったくって」いたようで、今は上限が弁護士の業界で決まっているようである。

実際に、一口に過払金訴訟といっても、事情は依頼人によって違うから個別の相談になる。俺の東亜国際合同法務事務所は、もちろん業界水準に則《のっと》った、適正な価格で依頼を引き受けているのでご安心願いたい（料金については事務所のＨＰにも記してあるので、興味のある方はご一読いただきたい）。

ボケる前に決めたい「任意後見人」

もう一つ、司法書士の重要な業務に、成年後見がある。

これは高齢化社会の進展で、非常に重要性を増している分野である。

成年後見とは、認知症や知的障害などの理由で、判断能力が不十分な人の財産管理を行なったり、その人の介護などに関する契約の締結をしたり、その人の死後には遺産分割協議などの支援をしたりする業務で、実際にそれを行なう人間を成年後見人と言う。

この成年後見人には二種類あって、「任意後見人」と「法定後見人」に分けられる。

任意後見人とは、後見を受けるご本人が、将来について不安があるときに自分であらかじめ後見人を選んでおくものだ。

今は「おひとりさま」で老後を迎える人が少なくない。一緒に住んでいる配偶者や子どもがいればいいが、そういう人がいない場合、もしも認知症になったり、あるいは脳梗塞などで意思表示ができなくなったりしたらどうするかという問題が出てくる。

「いや、自分は財産があるからいざとなっても大丈夫」というかもしれないが、その預貯金口座から第三者がお金を引き出すのは大変だ。

今は老人を狙った詐欺も多いから、郵便局や銀行もたいへんに警戒している。「この口座の持ち主との関係は?」「口座の持ち主から依頼された証拠を見せてください」という騒ぎになりかねない。

また老人ホームに入ったりするにはまとまったお金がいる。それまで住んでいた自宅の土地を処分できればそれに越したことはないが、判断能力が落ちてしまえばそれもなかなかむずかしい。

また「いざとなれば、子どもがいる」と思っていても、子どもが複数いれば、親の財産目当ての争いが起きてしまいかねない。

そういうことにならないように、ご当人が後見人を選んでおくというのが任意後見人である。

誰に後見人を頼むかが決まったら、「もし後見人が必要になったら、どうしてほしいか」という希望を公正証書にしておく。自己流で書いても法的な意味がないので、ちゃんと公証人に書類を作ってもらうのである。もちろん、その場合、公証人は後見人に関する希望がご本人から出たものかをきちんと確認する。

ちなみに、任意後見人は、その人が選んだ人であれば親戚でも赤の他人でもいいのだが、弁護士や司法書士に依頼するほうが、そうした業務に慣れているので便利である。

俺の事務所でも、任意後見人の仕事は積極的に受けるようにしている。

なお、後見人候補を選任しただけでは、もちろんまだ後見は始まらない。

後見人の出番が来るのは、ご当人が「自分はどうもボケてきたので以後のことは後見人に任せたい」と考えた場合か、あるいは後見人が「判断能力がすでになくなっているようなので、後見人の出番が来た」と判断した場合などで、その場合「任意後見監督人」を家庭裁判所に選んでもらうように依頼する。

この任意後見監督人というのは「後見人がきちんと仕事をやっているか」をチェックする役目の人間である。

後見人に選ばれた人が勝手にその人の財産を浪費したり、あるいは売却したりしないようにする「お目付役」だ。

この後見監督人を誰にするかは、後見人や親族が推薦できる。といっても推薦できる人にも条件があって、直系の親族や配偶者は不可だし、また利害関係がある人もダメだ。これは常識で考えたら当然だろう。後見人と後見監督人がグルになったら何でもできてしまう。そこでこれについては家庭裁判所の決定が優先される。推薦された中に適当な人がいない場合は、裁判所が第三者を指名することもある。

法定後見人は家庭裁判所が決める

成年後見人には、以上の「任意後見人」の他に、「法定後見人」というものがある。

ここでは深入りしないが、任意後見人はご当人が正常に物事を判断できるときに選ぶものだが、「この頃自分はボケてきた気がするので、将来が心配だ」という段階になってからでは、任意後見人は選べない。

本当にその後見人を選んだのが「任意」であるかは分からないからである。間違った判断に基づいているかもしれないし、あるいは親族や第三者から言わされているという場合だってある。最近、新興宗教が社会問題になっているが、悪い宗教につかまって洗脳され、その関係者が後見人になることだってあるだろう。

そういうときの後見人選びは当人に任せることはできないので、家庭裁判所が選ぶ。この仕組みを「法定後見制度」と言う。息子などが親の認知症につけこんで勝手に「自分は後見人です」と名乗って親の財産を処分したり、契約を結んだりすることを防ぐための制度だ。

また、精神障害や知的障害のために、それまで親に面倒を見てもらっていた子どもの場合、親が死んでしまったらその財産を相続したり、その遺産から生活費を支出したりするときには支障が生まれる。ひょっとしたら障害につけ込まれて、財産を根こそぎ奪われることだってある。

そういうときには親族などが裁判所に申し出て、後見人を選んでもらうということになる。そうすれば、かりに本人が騙されたりして、余計な買い物をしたりしても、後見人がその取引自体を取り消しできる。

この場合の後見人には親族もなれるのだが、たとえば遠方に暮らしたりしていて、後見人を引き受けられる人がいない場合、家庭裁判所に選んでもらうということができるのだ。

こうしたときに裁判所は弁護士や司法書士、介護が必要な人の場合は社会福祉士などを後見人に選ぶが、たとえば司法書士の場合、裁判所は「公益社団法人　成年後見センター・リーガルサポート」に「誰か適当な候補はいないか」と推薦を依頼する。するとリーガルサポートのほうから推薦者を出して、成年後見人に就任するという運びだ。

もちろん、俺もこのリーガルサポートの岡山県支部に会員登録している。こうした法定後見人は手間が多いわりに金銭的に報われない仕事だが、しかし、これも世の中に対するささやかな恩返しだと思って、そのときには喜んで引き受けることにしている。

土地の「戸籍」

ここまで司法書士の仕事として裁判（訴訟）の代理、そして成年後見について説明してきた。この二つの業務のうち、前者は近年になって司法書士ができるようになったことであり、後者のほうは近年になってニーズが高まってきた仕事である。

これに対して、不動産（土地・建物）の登記、法人（会社など）の登記は昔から司法書士が行なってきた業務であり、だから、どちらかというと、こちらのほうが「司法書士の本業」と言えるだろう。

さて、読者も「登記」という言葉は耳馴染《みみなじ》みがあるだろう。しかし、実際に登記とはどういうものかと聞かれて、答えられる人は少ないはずだ。

ざっくり言えば、登記とは土地や建物、法人の「戸籍」のようなものだ。

辞書によれば、戸籍は次のように定義されている。

各個人の家族的身分関係を明らかにするために記載される公文書。夫婦とその未婚の子で編成され、各人の氏名・生年月日、相互の続柄《つづきがら》などを記載し、本籍地の市町村に置かれる（小学館『デジタル大辞泉』）。

ここに書かれているように、戸籍とはその人の基本情報が記されたものである。戸籍には親の情報が書かれているから、調べていこうと思えば、その人の祖先が何という名前で、どこの土地に生まれ、誰と結婚したかが分かる。

それと同様に、不動産の登記も法人の登記も、それを見れば、土地や会社の成り立ちや素性が分かるという重要な基本情報を記したものである。

中でも土地の場合、所有権者がかならずその土地の上に住んでいるというわけでもないし、土地に所有権者名が書かれているわけでもないので、誰がいつから、どのような理由で所有しているかという情報を証明できる記録がないと困る。これに対して、土地や不動産以外の「動産」は所有権者の手元に置くことができるので、登記がなくてもさほどは困らない。

そこで日本では法務局がすべての土地の記録を管理していて、その土地が誰のものであるのかを公開しているのである。

この記録が昔は紙の帳面に書かれていたので、「登記簿」という名称になった。今はデジタル化されて帳面ではなくなったが、名前は「登記簿」のままである。

なくしても大丈夫な「権利証」

なお、土地はそれを担保にしてカネを借りることが珍しくないし、その土地を買うときに銀行ローンで購入するのも普通である。

そうしたとき、もし借金が約束通りに返済されなければ、その土地の権利はカネの貸し手に移る。これを抵当権《ていとうけん》の実行という。

だから、登記簿には本来の持ち主の情報だけでなく、借金の貸主の記録（抵当権）も掲載されているのだ。

土地の取引をする際には、この登記簿に書かれている情報を知ることは不可欠である。

そこで取引の際には登記簿の記録を提示することになっている。それを昔は登記簿謄本と言った。謄本というのは「写し」ということである。今はデジタル情報として管理されているので「謄本」ではなく、正式な名称は登記事項証明書である。

不動産取引では、この証明書（謄本）を確認したうえで代金と引き換えに土地の権利が移るわけであるが、そのときにはもちろん、法務局が持っている登記簿に新しい持ち主の情報（場合によっては抵当権の情報）を書き込んでもらう必要がある。

これを「登記」と言い、所有権の移転や抵当権の設定を代行できるのは弁護士、司法書士だけと法律で定められている（建物を新築するとか、一つの土地を分ける＝分筆《ぶんぴつ》＝は土地家屋調査士の領分である）。

ちなみに、この登記簿謄本とよく混同されるのが「権利証」である。

権利証というのは、土地取引が行なわれたときに交付された証明書である。「交付された」と過去形で書いているのは、登記簿が電子化されたのに伴って、権利証が廃止されたからである。

昔の登記簿はB5サイズの帳面みたいなもので、きちんと表紙もつけてあったので、いかにも重要な書類という雰囲気を醸《かも》し出《だ》していたものだ。現在は権利証の代わりに「登記識別情報通知」という紙一枚が交付されるだけで、まったくありがたみは感じられない。

でも、実際のところ、権利証というのは世間の多くの人が誤解しているが「絶対になくしたらダメな書類」ではない。よく「権利証が盗まれたり、奪われたりしたら、土地の所有権が移るんだ」「火事になったら、いの一番に持ち出さないといけない」などと言う人がいるが、それは大きな誤解である。

登記簿に記された情報だけが真正のものであって、権利証そのものにはそうした権威はない。実際、不動産取引をしたら、かならず権利証（登記識別情報通知）が交付されるものでもない。

ただ、なくしたりしたら再発行してもらえないので、「権利証を盗《と》られたら大変だ」という誤解が生じたのである。だが、かりになくしてもその人が不動産の持ち主であるという証明をする方法はちゃんと用意されているので、心配はない。細かい方法まではここでは書かないが、そういうときには我々司法書士に相談してほしい。手数料をいただくことにはなるが、問題は解決できる。

登記簿から見えてくるもの

では、この不動産登記簿から何が分かるか。

登記簿には、土地の面積や地目《ちもく》（「農地」や「宅地」など、土地の用途）、所有権者など基本的な情報のほか、分かる奴には分かる「土地の価値」が載っているのだ。

映画などで「悪い奴ら」が登記簿で確認するのは、この「土地の価値」である。

たとえば土地に抵当権が設定されていれば、その土地を担保にして所有権者はカネを借りているということであるが、登記簿にはその借金額が書かれているから、どこの銀行からいくら借りているかすぐに分かる。

また「根抵当権の極度額《きょくどがく》」（＝限度額）が設定されていたら、その不動産に対して、銀行がどのくらいの評価をしているか、つまり、だいたいの相場が分かる。

さらに登記簿をあげるときには、「共同担保目録」もあげておくとよい。

これは一つの借金をする際に、複数の不動産を担保として入れている場合に作られる。たとえば土地だけでは抵当としては不十分なので、建物や他の土地も一緒に担保として入れるというときに作る。

これを見れば、逆にその不動産の持ち主が他にどんな不動産を持っているかが分かるということでもある。

新聞や雑誌の記者が「不動産王」などと呼ばれている人をリサーチするときには、登記簿や共同担保目録などをまず調べて、その人の資産を丸裸にするというわけである。

逆に、その土地にまったく抵当権が設定されていないとしたら、それも重要な情報だ。

この資本主義の世の中では、土地を持っている人はたいていその土地を担保に借金をしている。その土地を買うための借金もあるが、土地を担保にしてカネを借りて事業などにつぎ込むということは普通に行なわれている。

逆に言えば、不動産価値が高いのに、そこに抵当権が設定されていないというのはちょっと不自然だ。その人が大富豪で、即金で土地を手に入れているというのならばともかく、たとえば公務員なのに何千万、何億という土地を即金で買っていたとなると、「その金の出所はどこだ？」という話になる。

今はさすがにないだろうが、かつては某警察署の署長が借金ゼロで高級マンションを買った、なんていう噂話《うわさばなし》がよくあったものだ。

そんなときは新聞記者はすぐに法務局に行って、登記簿をあげて確認する。いくら警察署長だって、さすがに登記簿には細工はできない。

大袈裟《おおげさ》に聞こえるかもしれないが、土地の登記簿とは日本国そのものである。国というのはもちろん、国民あってのものだが、国土がなければ国は存在できない。だから登記簿には単なる帳簿以上の価値があるのだ。

「地面師」とは

二〇一七年九月に発覚した積水ハウス株式会社（大阪市）の事件を覚えている読者はまだ多いのではないだろうか。

何と言っても大手住宅メーカーで、一部上場企業が「地面師」と呼ばれる犯罪者集団から約五十五億円も騙し取られた事件である。このような事件はまだ日本がバブルに踊っていた一九八〇年代、九〇年代には珍しくもなかっただろうが、しかし、二十一世紀になっても、このような事件が起きるとは、さすがの俺も驚いた。

報道によると、同社は二〇一七年四月に東京・品川区内の約二千平方メートルの土地を「所有権者」から買い取る売買契約を結び、五十五億円を払った。ところがいざその契約を終えて、法務局で登記をしようとしたら、その「所有権者」がニセ者であって、移転登記が認められなかったのである。上場企業ともあろうものが、法務局で登記するまでに気付かなかったのかと誰もが思うであろうが、相手にした連中が悪かった。積水ハウスが本当の「所有権者」だと信じていた女性は、「地面師」グループの一人だったのだ。

「地面師」とは普通の人には馴染みのない言葉だろう。辞書を見ると、

土地の所有者になりすまして不動産取引を持ちかける詐欺グループ。偽造文書を作成して土地所有者に断わりなく登記の移転や書き換えを行ない、不動産を第三者に転売して代金を騙し取ったり、借金の担保に入れたりする。土地探し、偽造文書作成などの役割を分担し、事件ごとにメンバーを組み替えているとされる。地面師による詐欺被害は、地価高

騰で土地取引が活発だった一九九〇年前後のバブル期に多発したが、近年、再び被害が増加傾向にある」（二〇一七年八月七日、朝日新聞出版『知恵蔵mini』）。

と書いてある。

たしかに地面には所有権者の名前が書いてあるわけではない。だから「これは私の土地だ」と言われたら、それを信じてしまいかねない。地面師たちはそこにつけ込むのだが、もちろんお国だって馬鹿ではない。そのような詐欺を行なわせないために「登記簿」という制度がある。先ほども書いたように、登記簿は法務局が厳重に管理してあって、プロの犯罪者だって勝手に書き替えることは不可能に近い。

なぜ一部上場企業が騙されたのか

さて事件に話を戻せば、この土地は山手線の五反田駅に近い旅館の跡地で、二〇一五年に旅館を廃業した後も女将《おかみ》だった所有権者が住み続けていた。所有権者はこの女将一人だから交渉は楽なように思える。また当時は東京オリンピック前で、地価の値上がりで見込まれ、時価百億円とも言われていて、不動産業者の間でも有名な物件だった。

たしかに山手線のすぐそばで二千平方メートルの土地が一括で手に入るのであれば、かなりの事業展開ができるわけだから、デベロッパーにとっては垂涎《すいぜん》の土地である。

だがこの土地は「所有権者が絶対に売ってくれない」ことでも知られていた。数多《あまた》の業者がアプローチしていたのだが、老齢の女将は「親の代から住んでいる土地だから」と断わっていた。要するに、女将にとってはお金の問題ではないのであろう。

ところが、そんなところに積水ハウスに「うちに任せてくれたら、あの土地を手に入れることができる」と言ってきた連中がいた。つまり、それが地面師である。

もし、積水ハウスの担当者が「あの土地は絶対に手に入らない」という情報を知っていたら、もうちょっと慎重になっただろう。ひょっとしたら、担当者に「これを成約することができれば出世できる」という気持ちが働いたのかもしれない。地面師たちはそこにつけ込んだのだろう。人間は、ふだんはいかに賢くても、欲に目がくらむ動物でもある。

もちろん積水ハウスだって馬鹿ではないから、「所有権者の女性に会ってから」という条件を出した。

すると、地面師たちは所有権者と名乗る女性を連れてきた。報道によると、このとき、本物の女将は入院中であった（後に亡くなる）。つまり、積水ハウスの担当者が直接、元の旅館を訪ねても本物に会えるはずはないのでバレる心配もないわけで、地面師たちには最高のタイミングだった。しかも、この女将はあまり近所づきあいもなかったので、周辺に聞き込みをしても様子が分からなかったという話もある。

こうして「所有権者」を引き合わせてしまえば、あとは地面師たちの思うがままである。相手が百戦錬磨の不動産業者ならばともかく、上品な上場企業である。「そんな物件であれば、超高級マンションが作れて大もうけができる」という皮算用から、あっという間に地面師たちに心を摑まれてしまった。

本人確認のためにパスポートまで見せてもらったというが、もちろんそれも偽造であった。もちろん法務局に行って、登記簿も見たのだろうが、登記簿ではその女性が本人かニセ者かは分からない。報道によればこれ以外にもさまざまなトリックを使って、積水ハウスを騙したようだから、興味のある人は当時の報道をネットなどで検索してみるといいだろう。

というわけで、積水ハウスはこの自称「所有権者」に土地代五十五億円以上を支払って、二〇一七年六月に売買契約を結んでしまった。

契約が結ばれるや、ただちに積水ハウスの担当者は法務局に行き、所有権移転登記申請をしたのだが、法務局が不審に思ってその移転登記を受理しなかった。積水ハウスが預かっていた「委任状」なるものが偽造である可能性が高いとみたのだ。

時、すでに遅し。「所有権者」とは連絡が取れないし、その仲介をしていた人間たちもみな姿を消してしまった。

さすがに積水ハウスも、ここで本当に自分たちが騙されていたことを自覚し、警察に届けたのであろう。のちに地面師グループは逮捕起訴されて有罪判決を受けたが、カネの行方はまったく分からないままで、一銭も戻ってきていない。

本人とは似ても似つかない「なりすまし」犯

この事件をめぐっては、当時社長だった元会長と当時の副社長に対して株主らが賠償を求めて株主代表訴訟を提訴、二〇二二年五月に大阪地裁は元会長らの責任を認めなかったことが報道されている。

報道によれば、元社長らは「本物の所有権者」から届いた警告を真実とは思わず、逆にライバル企業からの妨害工作と思い込まされてしまったそうだ。この地面師たちが並大抵の犯罪者ではないことが分かるというものだ。実際、彼らには地面師としての前科があった。

しかし、前にも書いたようにバブル期ならばともかく、今の時代、こうした詐欺はなかなかやりにくくなっている。

今では考えられないことだが、二〇〇五（平成十七）年に新不動産登記法が施行されるまでは、誰でも登記簿の原本を法務局で閲覧することができた。

地面師たちは、法務局で原本を綴じてあるバインダーから狙う物件の登記簿の原本を抜き取り、所有権者名などを書き替えてまたバインダーに戻していた。また、地面師グループのメンバーや周辺者の中には、実印の偽造などを得意とする詐欺師も珍しくなかった。

彼らが暗躍したバブル期の不動産登記法は、一八九九（明治三十二）年に制定されたまさに「骨董品」のようなもので、文章もカタカナの文語体で書かれていた。制定当時は地面師の存在など「想定外」と言っていい。まさか、お上の登記簿を書き替える不届き者が現われるとは考えもしなかったのだろう。

バブル期に横行した「地面師事件」を教訓に、二〇〇五年の大改正では登記簿と地図、建物所在図が「電磁的記録」に移されて、原本をすり替えるというテクニックも通用しなくなった。登記の内容を閲覧したいときには、管轄する法務局へ直接出向くか、公式サイトから申し込んで、登記されている事項を証明した「登記事項証明書」を交付してもらう。受け取るのは、登記の内容を証明したものをプリントアウトしたものである。

この制度によって登記簿の原本を書き替えるという大胆な不正はできなくなったが、それでも地面師たちは絶滅しなかった。売り主になりすまして売買契約を成立させ、カネを騙し取るようになったのである。

報道などによると、積水ハウスの事件では、旅館の女将になりすましていた生命保険のセールスの女や主導役の男など十七人の地面師グループのメンバーらが詐欺や偽造有印公文書行使などで逮捕されたが、俺のような人間から見るとずいぶん杜撰《ずさん》なところもある。

たとえば女将になりすましていた女は実在の女将とはまったく似ていなかったというし、積水ハウスから「旅館の内覧をしたい」という申し入れがあったときも、体調不良を理由に「ドタキャン」したことも報じられている。普通だったら、ここで「怪しい」と思うはずで、かなりの危ない橋を渡っていることが分かる。

しかも、この内覧には地面師グループの主導役の男が立ち会っているが、この男も、地面師の世界ではかなりの有名人で、何度も逮捕されている。東証一部上場企業がこんなことで騙されてしまうものなのか。

なぜふたたび地面師の被害が増加したか

なぜ積水ハウスのような大企業が、映画やテレビドラマの話のような「なりすまし犯」に騙されたのだろうか。

この事件の背景には、当時の社長が購入に乗り気だったために、社員らの「忖度《そんたく》」があったとする指摘もある。ものすごいワンマン社長のいる会社でなくとも、「社長案件」となれば社員が忖度するのも当然だろう。

また、積水ハウスは都内のマンション事業は後発だったために焦っていたともいわれるが、社内事情についてはここでは掘り下げない。

調べてみると、都内では積水ハウスに限らず、二〇一七年から二〇年にかけて地面師による詐欺事件が十五件も相次ぎ、逮捕者は四年間で延べ八十人、被害総額が約九十億円にのぼったことを二〇二〇年十一月十六日付の読売新聞が報じている。これには、東京オリンピックによる地価の値上がりのほか、高齢化による空き家の増加も影響しているようだ。

そうした被害者の一人が「まさか地主のお年寄りがニセ者だなんて、思いもよらなかった」と明かしたと同じ読売新聞の記事にあった。なるほど、人の好《よ》さそうな、しかも、ちょっと耳が遠いようなお婆さんがまさか犯罪者の一味だとはなかなか思わないものだろう。

興味深いのは、この事件に限らず、地面師グループはほとんどが逮捕されていることである。契約締結までには直接、被害者と何度も接触するわけだから、人相もすぐに分かるだろうし、だいたいが過去に同様の犯罪をやっているだろうから、警察も目星を付けやすいのかもしれない。

だが、そうしたリスクを分かったうえで、地面師たちは何度も同じ犯罪を繰り返す。たとえ逮捕されて懲役に行ったとしても、お釣りがくるくらい儲かるということなのだろうか。

彼らは騙し取ったカネを安全な場所に隠し、逮捕されるまで遊び暮らす。そして懲役に行き、出所したら隠しておいたカネを引き出して暮らし、またカネがなくなれば次のカモを探すのである。人を殺しているわけではないので、長くても十年ほどの懲役である。もちろん被害者にカネが戻ることはまずない。

一度で多額のカネを動かせる魔力にハマった地面師たちは、まさに「懲りない面々」であり、何度もムショに出入りしながら次の獲物を探し続ける。悪質きわまりないが、積水ハウスの事件を見て分かるように、大物といわれる地面師たちはけっこうな年齢である。

たとえば風変わりな姓名も注目された、積水ハウス事件の主犯「カミンスカス操《みさお》」は、この事件で七億円を手にしたとされ、二〇二一年七月に懲役十一年の判決確定が報じられた。姓はリトアニア国籍の妻の姓だという。報道の時点で六十一歳である。前科があるので仮釈放はむずかしそうだから、出所は古希を過ぎてからになるだろう。人生八十年時代、出所後の十年間で七億円を使い切るつもりか。

なりすましを見抜くには？

さてそこで問題なのは、かりにこういう地面師と遭遇したときに、司法書士の俺がどれだけ見抜けるかということだ。

報道によれば、積水ハウスの事件では司法書士がなりすまし犯の言い間違いを指摘していたそうだ。「女将」に生まれ年の干支《えと》を確認したところ、彼女が言い間違えたという。ところがそこに立ち会っていた地面師が「年寄りの単純な言い間違いだ」と言い逃れたという（『地面師 他人の土地を売り飛ばす闇の詐欺集団』森功、講談社、二〇一八年）。

もし俺が積水ハウスの顧問だったら、どうだろう。

なりすましを百パーセント見抜けるかどうかは微妙だが、俺は十代から社会に出ていろいろな人間を見てきたので、「人生経験」でカバーできるところはあると思う。だいたいの怪しいヤツは何となく「臭う」のだ。

とはいえ、俺みたいな元ヤクザの司法書士でない人のために、「なりすまし犯撃退」のためにも本人確認に必要な書類など、手続き的なこともまとめておきたい。

宅地または建物の売買に関する行為や手続きにおいては、司法書士が依頼人から業務を受託する場合には、依頼者や代理人が本物かどうか（＝本人確認）、関連書類などが本物かどうか、依頼された内容が本当に本人の意思かどうかを確認しなければならない。

とりわけ当事者を名乗る人が本物かどうかを確認するのは当然であり、また大金の移動する取引については、いわゆるマネーロンダリングを防止するための「犯罪による収益の移転防止に関する法律」で本人確認の徹底が義務づけられている。

具体的な本人確認の方法は、運転免許証や旅券（パスポート）、いわゆるマイナンバーカード（個人番号カード）など顔写真付きの書類の提示は言うまでもないが、ほかにもいろいろと条件がついている。

土地取引についていえば、登記の書き替えに際して、その申請をする人物が本物なのかを証明するために条件がたくさん設けられている。たとえば、取引関係者がいつ、どこで面談したのかの日時や場所、状況をきちんと残しているか。その申請者（土地の元の持ち主）とどのように面識を持つようになったのかを記録にしているか。また、かりに直接、その持ち主と知り合いでない場合、その代理人が本当の所有権者であることを証明する書類をちゃんと提示しているか……などなどである。

実際、積水ハウスの事件でも、偽造パスポートから足がついたと言われているが、パスポートの真贋を見分けるのは相当にむずかしい。

近隣の住民に聞き込みをするという方法があるが、司法書士がそこまですることはまずない。とはいえ、積水ハウスのように何十億円というカネが動くのであれば、やっておいたほうがよかったかもしれない。

最近では、売主の本人確認義務を怠ったとして、司法書士に約一千万円の損害賠償の支払いを命じた例があったくらいだ（東京地方裁判所平成二十六年十一月十七日判決）。

これは、売主が提出した運転免許証や印鑑登録証明書の印字がずれていたり、インクがにじんでいたりしているにもかかわらず、それを見過ごしたことについて、司法書士の責任が問われた形になっている。

代金の支払いが済んで登記の申請をしたときに法務局で偽造が発覚したが、売主と思っていた犯人とはすでに連絡が取れなくなっていた。

積水ハウスの事件と同様であるが、買主は「司法書士が確認したから売買契約を結んだのだ」として、司法書士を相手に損害賠償請求訴訟を起こした。そして裁判所は司法書士の過失を一部認めて、支払いを命じたというわけだ。

もっともこの判決では、買主側にも過失があったとしていて、司法書士の負担は損失の約三分の一であった。とはいえ、一介の司法書士が一千万円を払うのは簡単ではないだろう。

ちなみに行政の責任が認められるケースもある。

さいたま市内の区役所で印鑑登録申請の際に示された運転免許証の偽造を職員が見抜けずに印鑑登録を受理し、土地が無断で売られた事件では、二〇一八年九月にさいたま地裁が「市の本人確認に過失があった」として七百十五万円の支払いを命じている。

この申請では、免許証の偽造をチェックする装置が偽造の疑いを示していたにもかかわらず、市職員が無視していたと報道されている。

いずれの事件も、基本的なところを確認していない印象がある。まずは基本を徹底するしかない。

「会社の戸籍」

ここまで不動産登記について説明したが、企業（法人）の登記も基本は一緒だ。人間の戸籍と同じで、企業にも戸籍があって、赤ん坊が生まれたら出生届を提出するように、会社も新たに作ったら、法務局に届け出て登記をする。

ただ会社の場合は、単に名前（商号）や住所だけではなくて、その会社の役員たちの名前や住所、また会社設立の目的なども届けないといけない。本書では、そのあたりはあえて割愛《かつあい》して記すことにしたい。

会社設立の目的というと、ちょっとイメージが湧《わ》かないかもしれないが、要するにどういう方面で事業をしていくつもりかということだ。といっても、会社登記のときに届けた目的以外に事業を広げてはいけないということはない。

最初は中古車販売の会社として届けたけれども、たまたま会社の隣に空き地があって、従業員に料理が得意な奴がいて、「だったらレストラン経営もやろう」ということになっても問題はない。そのときには登記に「飲食業の経営」というのも付け加えれば（変更すれば）いいだけのことだ。

また会社の名称については、以前は同じ会社所在地に同じ名前の会社を作ってはいけないという「類似商号規制」があったが、今はそれが撤廃された。

では、大企業や有名企業と同じ商号をつけるのは自由かというと、そうとは限らない。

というのも、たとえば「集英社」という会社のすぐそばに、「集英舎」という出版社を作れば、取引先や読者は勘違いしてくれて有利だとは誰でも考えることだが、実際にそれをやれば「不正競争防止法」違反で、「集英社」から差し止め請求や損害賠償が提起される可能性がある。

だから、やはり会社を作るときには似たような商号がないかを調べておくのが常識だ。今はインターネットで自分でもある程度は調べられるが、法務局の窓口で訊ねると、所轄の企業の名前を調べることもできる。

さて、なぜこのような登記が必要かというと、その会社と取引したいときに、その会社がいつどうやってできたか、経営者や出資者がどういう人たちかという情報を確認する必要があるからである。取引相手の信用度を調べるうえで、登記簿の情報は役に立つのである。

こうした登記の届け出はもちろん経営者自身がやってもいいのだが、やはり専門的な知識も必要だったりするので、司法書士に頼むのが一般的だ。

司法書士と相続

「司法書士のお仕事」にはいろいろあることがお分かりいただけたと思うが、最後にこれからの少子高齢化社会においてますます重要になる「相続」をめぐる仕事について説明する。

先ほど述べた「成年後見人」の話ともつながってくることだが、司法書士が関わる分野には以下のようなものがある。

（1）遺言に関する手続——遺言書の作成のほか、遺言書の内容を実行する「遺言執行者」に就任することもある。

（2）生前贈与に関する手続——税理士と協力して、生きている間に財産を譲渡し、相続税を軽減するお手伝いをする。

（3）相続人の調査——相続人を確定するためには故人の戸籍を調べる必要がある。その点、戸籍を調べることができる司法書士が役に立てる。

（4）相続財産の調査——登記簿を調べたりして、故人の財産（負債も含める）を洗い出して、相続財産を確定させる。

（5）相続に関する手続――財産分与をしたときの土地登記、法人登記。

多くの人にとっては、相続というと「いかにして相続税を節約するか」に興味があると思う。節税策は税理士の仕事だが、税理士が節税策を考えるうえでは財産を調べたり、相続人を確定したりする必要がある。また土地や会社を相続するならば、登記変更をしないわけにはいかない（相続登記は二〇二四年から義務化される）。その点においては、司法書士の協力が必要不可欠なのだ。

すでに日本は高齢化社会になった。司法書士の出番がますます増えてくるのは言うまでもない。

俺自身、相続に関する仕事をたくさん手がけているが、相続というのは単に財産だけではなく、亡くなった人の思いも引き継ぐ大事な仕事だと思っている。

不思議なメッセージ

実際、次のような「不思議な体験」をしている。

かなり前のことだが、亡くなった男からLINEのメッセージを受け取ったことがある。プライバシーの問題があるので、細かい事情に触れるわけにはいかないが、俺の知り合いだった男が亡くなった。その男には「事情」があって、実の子どもがいたのだが、それと同時に養子縁組もしていた。正確に言うと、そいつは連れ子がいる女性と内縁関係になったので、その連れ子を養子にし、その後に女性との間に実子が生まれたのである。俺はその養子のほうとも知り合いだったので、葬式が終わったあともいろいろと相続に関する相談に乗っていた。

あるとき、その養子からLINEにメッセージがきた。「ちょっと一緒にランチをせえへんか」と言う。時計を見たら、もう二時過ぎだ。ランチタイムはとっくに過ぎている。

俺は「おかしなことを言うなぁ」と思いつつ、「今から？　ちょっと遅くないか？」と返信をした。するとすぐに「腹べたから」とメッセージが入った。

「腹減った」というのを書き間違えたんだろうが、この男はふだんはそういう打ち間違いはしない。昼酒でも飲んでいるんだろうか。それとも寝ぼけているのだろうか。

「大丈夫か？」

俺がそう打ち返すと、ますます変な文章が送られてくる。

「こわいことする」

「ガタガタ……」

支離滅裂な長文が瞬《まばた》きする間もないほどのスピードで送られてくる。

「なんちゅう速さや……」

返事を書く間もなく、あぜんとしていると、こんどは見たこともない絵文字が並んでいった。

「どういう意味だ？」

文字が小さくて判別がむずかしかったので、俺はスマホの読み上げ機能を使ってみた。

「霧、船、霧、99……」

音声はこう告げた。

「霧？　船？　一体なんなんだ？　99？」

ますます意味が分からない。電話をかけてみた。

「……はい？」

寝ぼけた声だった。

「おい、何が言いたいんや？」

「えっ？　何？　今起きたんだけど？」

「いや、ずっとＬＩＮＥを送ってきてたろ？　なんであんな意味の分からないのを送ってくるんや？」

「は？　何が？　俺寝てたし。ＬＩＮＥなんてしてないよ？」

彼は今まで寝ており、俺の電話で起きたというのだ。そんなはずはないだろう。

「じゃ、寝ぼけてLINEしたんか」

いらだつ俺に促されて、養子はLINEのアプリを立ち上げて画面を見たようだ。

「え〜〜〜〜っ？ 何これ？ ずっと寝てたのに……」

養子も気味が悪かったようで、後日、この件をスピリチュアルに詳しい知人に相談したという。

「おそらく故人は、自己名義の不動産を養子ではなく実子に単独名義で相続させたかったのではないか」

そのスピリチュアル系の知人はそう「解読」したのだそうだ。

「こわいことする」「ガタガタ……」とは、「それが叶《かな》わぬなら養子を（あの世へ）連れて行く」というメッセージらしい。

また、「霧」とは三途《さんず》の川《かわ》が深い霧の中にあること、「船」は三途の川を渡る船、「99」は「(亡くなってから百日目の）百か日法要までに相続問題を解決しろ」という意味だという。

これを聞いた養子の男は怖くなり、「すぐに相続放棄の手続きをしたい」というので、俺が手伝うことになった。

故人の相続人は、養子になっていた男女一人ずつと、実子の女性の計三人である。妻は事実婚（内縁の妻）だったので相続人に該当しなかった。

養子の一方が相続放棄したため、俺は残る二人（養子の女性と、実子の女性）の遺産分割協議も仕切ることになった。この二人にはＬＩＮＥの話はしていなかったが、結局、もう一人の養子は相続を放棄し、実子がすべて相続することとなった。

ちなみに「腹べた」とは、文字どおり故人が腹を減らしていたらしい。仏教では、死者は線香の香りを食べるといわれ、特に四十九日までは線香を焚《た》くのを絶やしてはならないというのだが、養子らは線香をろくにあげていなかったらしい。だから、「霊界からのメッセージ」を受け取って、青ざめたのだ。

ちなみに、このやりとりはスマホの中に保存しているのだが、どういうわけか、それを呼び出す方法がわからず、復元できないままなのが残念である。

今思い出しても、本当に不思議でしかないが、相続というのは単に財産を法律通りに分割すればいいというものではなく、故人の遺志というのを尊重しなければいけないのだと思わされた。また、同時に「司法書士」という仕事の重さをひしひしと感じた一件でもあった。

竹垣悟会長との出会いから30年の年月が流れた。
今なお、心は離れない。

あとがきにかえて

「頼れるのは、自分しかいない」

ガキの頃からそう思い、常に一人で生き、「強い俺」であろうとしてきた。

それでしんどい思いをすることもあったが、誰かが俺の人生の責任を取ってくれるわけでもない。そんな他人が人生の講釈をタレるのは胸クソ悪い。

だから俺は、一切、他人を頼らず、誰にも相談もせずにここまで来た。

しかし、開業した今、ビジネスパートナーは必要だということ、そして、人を頼ることの大切さ、重要さを理解するようになってきた。

俺の事務所のパートナーで司法書士・行政書士のダブルライセンスを保有し、辣腕《らつわん》をふるう井手《いで》俊介《しゅんすけ》には心から感謝している。前職はうどん屋の経営などもしていた異色の経歴を持つ彼は、仕事の長い年月、弁護士を目指して司法試験に挑んでいたが、論文のわずかなミスで弁護士への切符を摑《つか》み取ることができなかった。

俺は司法書士合格までに八年、彼は弁護士合格までに七年。目標は異なるものの、たがいに人生を賭けて長い旅をしてきた。そして終着駅「司法書士資格」が俺たちの縁を繋《つな》いだ。

現在、彼が太い柱で俺を支えてくれているから今の俺がある。心強いパートナーであり友人でもある。

彼は「人の役に立てるのがうれしい。多くの人に頼られる司法書士になりたい」と語る、熱いハートをもった男だ。一匹狼だった俺もまた、そういう心境になれている。

井手俊介——。

今の俺が一番頼りにしている、何でも任せられる、東亜国際合同法務事務所のスーパースターである。

いろいろなことを思いつくまま書いてしまった。

誰かに理解してもらいたいわけではない。認めてもらいたいわけでもない。人それぞれ生まれ育った環境や背景は異なる。俺には俺の、そして、お前にはお前の人生がある。自分の信じる道を突っ走りゃいい。

だが、本書が読者の皆さんの人生に少しでも資《し》することがあれば、それ以上の喜びはない。

最後まで読んでくださったことに改めて感謝したい。

また、本書の上梓《じょうし》にあたり、ひとかたならぬご尽力をいただいた関係者の方々には心より感謝を表する。

二〇二三年　四月

甲村柳市

甲村柳市（こうむら・りゅういち）

1972年、岡山県生まれ。高校中退。18歳で人材派遣会社を設立し、地元企業に不良仲間を送り込む仕事をしていたが、景気の悪化で会社を畳む。スナックで知り合ったヤクザから誘われ、山口組系暴力団「義竜会」の竹垣悟会長の盃を受ける。以後、会長の側近として働くが、「義竜会」解散にともなってヤクザから足を洗う。2010年、広島刑務所に収監中、司法書士となることを決意。135日間、独居房の扉に貼った民法をにらんで暗記する。仮出所後、自宅で司法書士試験のために独学を始める。2019年、司法書士試験を突破。現在、岡山市内で「司法書士法人・行政書士法人 東亜国際合同法務事務所」を開所。尊敬する人物は矢沢永吉氏。

元《もと》ヤクザ、司法書士《しほうしょし》への道《みち》

2023年6月30日　第1刷発行
2023年10月21日　第2刷発行

著　者　甲村柳市《こうむらりゅういち》

発行者　岩瀬　朗

発行所　株式会社 集英社インターナショナル
〒101-0064 東京都千代田区神田猿楽町1-5-18
電話 03-5211-2632

発売所　株式会社 集英社
〒101-8050 東京都千代田区一ツ橋2-5-10
電話　読者係 03-3230-6080
販売部 03-3230-6393（書店専用）

印刷所　TOPPAN株式会社

製本所　ナショナル製本協同組合

定価はカバーに表示してあります。

ISBN 978-4-7976-7432-3　C0095